刘亮程

散文精读

刘亮程 著

浙江人民出版社

刘亮程

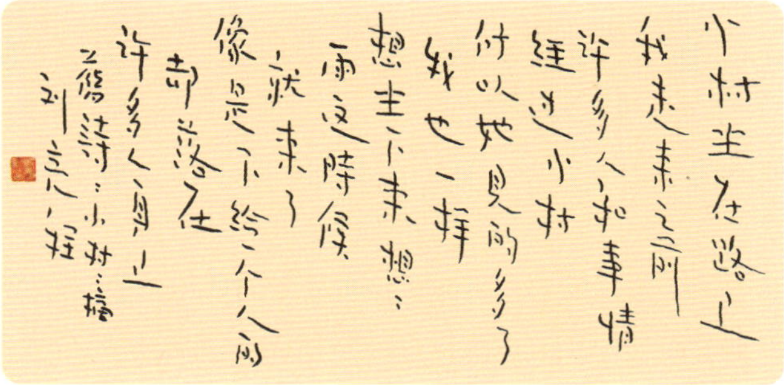

1 | 3
2 | 4

❶ 演讲

❷ 和妻子女儿在伊犁

❸ 画作《小树林》

❹ 书法作品

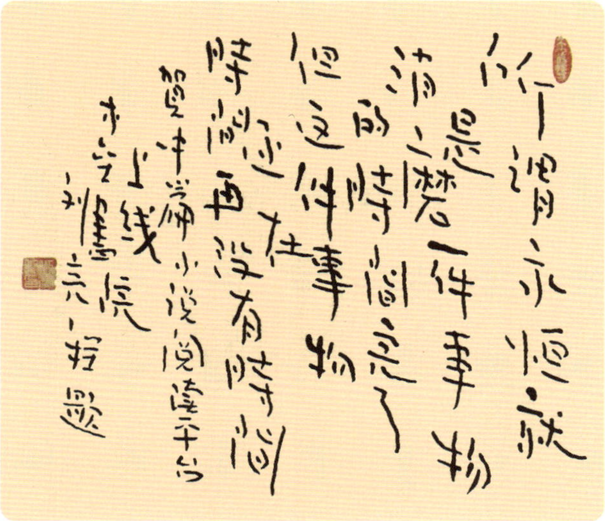

书法作品

目录

抒情

人物
散文精读·刘亮程 >>

旅途
散文精读·刘亮程 >>

抒情

散文精读·刘亮程 >>

我改变的事物

我年轻力盛的那些年，常常扛一把铁锨，像个无事的人，在村外的野地上闲转。我不喜欢在路上溜达，那个时候每条路都有一个明确去处，而我是个毫无目的的人，不希望路把我带到我不情愿的地方。我喜欢一个人在荒野上转悠，看哪不顺眼了，就挖两锨。那片荒野不是谁的，许多草还没有名字，胡乱地长着。我也胡乱地生活着，找不到值得一干的大事。在我年轻力盛的时候，那些很重很累人的活都躲得远远的，不跟我交手。等我老了没力气时又一件接一件来到生活中，欺负一个老掉的人。这也许就是命运。

有时，我会花一晌午工夫，把一个跟我毫无关系的土包铲平，或在一片平地上无辜地挖一个大坑。我只是不想让一把好锨在我肩上白白生锈。一个在岁月中虚度的人，再搭上一把锨、一幢好房子，甚至几头壮牲口，让它们陪你虚晃荡一世，那才叫不道德呢。当然，在我使唤坏好几把铁锨后，也会想到村里老掉的一些人，没见他们干出啥大事便把自己使唤成这副样子，腰也弯了，骨头也散架了。几年后当我再经过这片荒地，就会发现我劳动过的地上有了些变化，以往长在土包上的杂草下来了，和平地上的草挤在一起，再显不出谁高谁低。而我挖的那个大坑里，深陷着一窝子墨绿。这时我内心的激动别人是无法体会的——我改变了一小片野草的布局和长势。就因为那么几锨，这片荒野的一个部位发生变化了，每个夏天都落到土包上的雨，从此再找不到这个土包。每个冬天也会有一些雪花迟落地一会儿——我挖的这个坑增大了天空和大地间的距离。对于跑过这片荒野的一头驴来说，这点变化算不了什么，它在荒野上随便撒泡尿也会冲出一个不小的坑来。而对于世代生存在这里的一只小虫，这点变化可谓地覆天翻，有些小虫一辈子都走不了几米，在它的领地随便挖走一锨土，它都会永远迷失。

有时我也会钻进谁家的玉米地，蹲上半天再出来。到了秋天就会有一两株玉米，鹤立鸡群般耸在一片平庸的玉米地中。这是我的业绩，我为这户人家增收了几斤玉米。哪天我去这家借东西，碰巧赶上午饭，我会毫不客气地接过女主人端来的一碗粥和半块玉米饼子。

我是个闲不住的人，却永远不会为某一件事去忙碌。村里人说我是个“闲锤子”，他们靠一年年的丰收改建了家园，添置了农具和衣服。我还是老样子，他们不知道我改变了什么。

一次我经过沙沟梁，见一棵斜长的胡杨树，有碗口那么粗吧，我想它已经歪着身子活了五六年了。我找了根草绳，拴在邻近的一棵树上，费了很大劲把这棵树拉直。干完这件事我就走了。两年后我回来的时候，一眼就看见那棵歪斜的胡杨已经长直了，既挺拔又壮实。拉直它的那棵树却变歪了。我改变了两棵树的长势，而现在，谁也改变不了它们了。

我把一棵树上的麻雀赶到另一棵树上，把一条渠里的水引进另一条渠。我相信我的每个行为都不同寻常地充满意义。我是一个平常的人，住在这样一个小村庄里，注定要闲逛一辈子。我得给自己找点闲事，找个理由活下去。

我在一头牛屁股上拍了一锨，牛猛窜几步，落在最后的这头牛一下子到了牛群最前面，碰巧有个买牛的人，这头牛便被选中了。对牛来说，这一锨就是命运。我赶开一头正在交配的黑公羊，让一头急得乱跳的白公羊爬上去，这对我只是个小动作，举手之劳。羊的未来却截然不同了，本该下黑羊羔的这只母羊，因此只能下只白羊羔了。黑公羊肯定会恨我的，我不在乎。羊迟早是人的腹中物，恨我的那只羊的肉和感激我的那只羊的肉，嚼到嘴里会一样香。在羊的骨髓里你吃不出那种叫爱和恨的东西，只有营养和油脂。

当我五十岁的时候，我会很自豪地目睹因为我而成了现在这个样子的大小事物，在长达一生的时间里，我有意无意地改变了它们，让本来黑的变成白，本来向东的去了西边……而这一切，只有我一个人清楚。

我扔在路旁的那根木头，没有谁知道它挡住了什么。它不规则地横在那里，是一种障碍，一段时光中的堤坝，又像是一截指针，一种命运的暗示。每天都会有一些村民坐在木头上，闲扯一个下午。也有几头牲口拴在木头上，一个晚上去不了别处。因为这根木头，人们坐到了一起，扯着闲话商量着明天、明年的事。因此，第二天就有人扛一架农具上南梁坡了，有人骑一匹快马上胡家海子了……而在这个下午之前，人们都没想好该去干什么。没这根木头生活可能会是另一个样子。坐在一间房子里的板凳上和坐在路边的一根木头上商量出的事肯定是完全不同的两种结果。

多少年后当眼前的一切成为结局，时间改变了我，改变了村里的一切。整个老掉的一代人，坐在黄昏里感叹岁月流逝、沧桑巨变。没人知道有些东西是被我改变的。在时间经过这个小村庄的时候，我帮了时间的忙，让该变的一切都有了变迁。我老的时候，我会说，我是在时光中老的。

与虫共眠

我在草中睡着时，我的身体成了众多小虫子的温暖巢穴。那些形态各异的小动物，从我的袖口、领口和裤腿钻进去，在我身上爬来爬去，不时地咬两口，把它们的小肚子灌得红红鼓鼓的。吃饱玩够了，便找一个隐秘处酣然而睡。

我身体上发生的这些事我一点也不知道。那天我翻了一下午地，又饿又累。本想在地头躺一会儿再往回走，地离村子还有好几里路，我干活时忘了留点回家的力气。时值夏季，田野上虫声、蛙声、谷物生长的声音交织在一起，像支巨大的催眠曲。我的头一挨地便酣然入睡，天啥时黑的我一点不知道，月亮升起又落下我一点没有觉察。醒来时已是另一个早晨，我的身边爬满各种颜色的虫子，它们已先我而醒忙它们的事了。这些勤快的小生命，在我身上留下许多又红又痒的小疙瘩，证明它们来过了。我想它们和我一样睡了美美的一觉。有几个小家伙，竟在我的裤子里待舒服了，不愿出来。若不是瘙痒得难受我不会脱了裤子捉它们出来。对这些小虫来说，我的身体是一片多么辽阔的田野，就像我此刻爬在大地的这个角落，大地却不会因瘙痒和难受把我捉起来扔掉。大地是沉睡的，它多么宽容。在大地的怀抱中我比虫子大不了多少。我们知道世上有如此多的虫子，给它们一一起名，分科分类。而虫子知道我们吗？这些小虫知道世上有刘亮程这条大虫吗？有些虫朝生暮死，有些仅有几个月或几天的短暂生命，几乎来不及干什么便匆匆离去。没时间盖房子，创造文化和艺术。没时间为自己和别人去着想。生命简洁到只剩下快乐。我们这些聪明的大生命却在漫长岁月中寻找痛苦和烦恼。一个听烦市嚣的人，躺在田野上听听虫鸣该是多么幸福。大地的音乐会永无休止。而有谁知道这些永恒之音中的每个音符是多么仓促和短暂。

我因为在田野上睡了一觉，被这么多虫子认识。它们好像一下子就喜欢上我，对我的血和肉的味道赞赏不已。有几个虫子，显然乘我熟睡时在我脸上走了几圈，想必也大概认下我的模样了。现在，它们在我身上留了几个看家的，其余的正在这片草滩上奔走相告，呼朋引类，把发现我的消息传播给所有遇到的同类们。我甚至感到成千上万只虫子正从四面八方朝我呼拥而来。我的血液沸腾，仿佛几十年来梦想出名的愿望就要实现了。这些可怜的小虫子，我认识你们中的谁呢，我将怎样与你们一一握手。你们的脊背窄小得签不下我的名字，声音微弱得近乎虚无。我能对你们说些什么呢？

当千万只小虫呼拥而至时，我已回到人世的一个角落，默默无闻做着一件事，没几个人知道我的名字，我也不认识几个人，不知道谁死了谁还活着。一年一年地听着虫鸣，使我感到了小虫子的永恒。而我，正在世上苦度最后的几十个春秋。面朝黄土，没有叫声。

住多久才算是家

我喜欢在一个地方长久地生活下去——具体点说，是在一个村庄的一间房子里。如果这间房子结实，我就不挪窝地住一辈子。一辈子进一扇门，睡一张床，在一个屋顶下御寒和纳凉。如果房子坏了，在我四十岁或五十岁的时候，房梁朽了，墙壁出现了裂缝，我会很高兴地把房子拆掉，在老地方盖一幢新房子。

我庆幸自己竟然活得比一幢房子更长久。只要在一个地方久住下去，你迟早会有这种感觉。你会发现周围的许多东西没有你耐活。树上的麻雀有一天突然掉下一只来，你不知道它是老死的还是病死的；树有一天被砍掉一棵，做了家具或当了烧柴；陪伴你多年的一头牛，在一个秋天终于老得走不动。算一算，它远没有你的年龄大，只跟你的小儿子岁数差不多，你只好动手宰掉或卖掉它。

一般情况，我都会选择前者。我舍不得也不忍心把一头使唤老的牲口再卖给别人使唤。我把牛皮钉在墙上，晾干后做成皮鞭和皮具；把骨头和肉炖在锅里，一顿一顿吃掉。这样我才会觉得舒服些，我没有完全失去一头牛，牛的某些部分还在我的生活中起着作用，我还继续使唤着它们。尽管皮具有一天也会磨断，拧得很紧的皮鞭也会被抽散，扔到一边。这都是很正常的。

甚至有些我认为是永世不变的东西，在我活过几十年后，发现它们已几经变故，面目全非。而我，仍旧活生生的，虽有一点衰老迹象，却远不会老死。早年我修房后面那条路的时候，曾想这是件千秋功业，我的子子孙孙都会走在这条路上。路比什么都永恒，它平躺在大地上，折不断、刮不走，再重的东西它都能经住。

有一年一辆大卡车开到村里，拉着一满车铁，可能是走错路了，想掉头回去。村中间的马路太窄，转不过弯。开车的师傅找到我，很客气地说要借我们家房后的路倒一倒车，问我行不行。我说没事，你放心倒吧。其实我是想考验一下我修的这段路到底有多结实。卡车开走后我发现，路上只留下浅浅的两道车轱辘印。这下我更放心了，暗想，以后即使有一卡车黄金，我也能通过这条路运到家里。

可是，在一年后的一场雨中，路却被冲断了一大截，其余的路面也泡得软软的，几乎连人都走不过去。雨停后我再修补这段路面时，已经不觉得道路永恒了，只感到自己会生存得更长久些。以前我总以为一生短暂无比，赶紧干几件长久的事业留传于世。现在倒觉得自己可以久留世间，其他一切皆如过眼烟云。

我在调教一头小牲口时，偶尔会脱口骂一句：畜生，你爷爷在我手里时多乖多卖力。骂完之后忽然意识到，又是多年过去。陪伴过我的牲口、农具已经消失了好几茬，而我还这样年轻有力、信心十足地干着多少年前的一件旧事。多少年前的村庄又浮现在脑海里。

如今谁还能像我一样幸福地回忆多少年前的事呢。那匹三岁的儿马，一岁半的母猪，以及路旁林带里只长了三个夏天的白杨树，它们怎么会知道几十年前发生在村里的那些事情呢。它们来得太晚了，只好遗憾地生活在村里，用那双没见过世面的稚嫩眼睛，看看眼前能够看到的，听听耳边能够听到的。对村庄的历史却一无所知，永远也不知道这堵墙是谁垒的，那条渠是谁挖的。谁最早蹚过河开了那一大片荒地，谁曾经乘着夜色把一大群马赶出村子，谁总是在天亮前提着裤子翻院墙溜回自己家里……这一切，连同完整的一大段岁月，被我珍藏了。成了我一个人的。除非我说出来，谁也别想再走进去。

当然，一个人活得久了，麻烦事也会多一些。就像人们喜欢在千年老墙万年石壁上刻字留名以求共享永生，村里的许多东西也都喜欢在我身上留印迹。它们认定我是不朽之物，咋整也整不死。我的腰上至今还留着一头母牛的半只蹄印。它把我从牛背上掀下来，朝着我的光腰杆就是一蹄子。踩上了还不赶忙挪开，直到它认为这只蹄印已经深刻在我身上了，才慢腾腾移动蹄子。我的腿上深印着好几条狗的紫黑牙印，有的是公狗咬的，有的是母狗咬的。它们和那些好在文物古迹上留名的人一样，出手隐蔽敏捷，防不胜防。我的脸上身上几乎处处有蚊虫叮咬的痕迹，有的深，有的浅。有的过不了几天便消失了，更多的伤痕永远留在身上。一些隐秘处还留有女人的牙印和指甲印儿。而留在我心中的东西就更多了。

我背负着曾经与我一同生活过的众多事物的珍贵印迹，感到自己活得深远而厚实，却一点不觉得累。有时在半夜腰疼时，想起踩过我的已离世多年的那头母牛，它的毛色和花纹，硕大无比的乳房和发情季节亮汪汪的水门；有时走路腿困时，记起咬伤我的一条黑狗的皮，还展展地铺在我的炕上，当了多年的褥子。我成了记载村庄历史的活载体，随便触到哪儿，都有一段活生生的故事。

在一个村庄活得久了，就会感到时间在你身上慢了下来。而在其他事物身上飞快地流逝着。这说明，你已经跟一个地方的时光混熟了。水土、阳光和空气都熟悉了你，知道你是个老实安分的人，多活几十年也没多大害处。不像有些人，有些东西，满世界乱跑，让光阴满世界追他们。可能有时他们也偶尔躲过时间，活得年轻而滋润。光阴一旦追上他们就会狠狠报复一顿，一下从他们身上减去几十岁。事实证明，许多离开村庄去跑世界的人，最终都没有跑回来，死在外面了。他们没有赶回来的时间。

平常我也会自问：我是不是在一个地方生活得太久，土地是不是已经烦我了？道路是否早就厌倦了我的脚印，虽然它还不至于拒绝我走路。事实上我有很多年不在路上走了，我去一个地方，照直就去了，水里草里。一个人走过一些年月后就会发现，所谓的道路不过是一种摆设，供那些在大地上瞎兜圈子的人们玩耍的游戏。它从来都偏离真正的目的。不信去问问那些永远匆匆忙忙走在路上的人，他们走到自己的归宿了吗，没有。否则他们不会没完没了地在路上转悠。

而我呢，是不是过早地找到了归宿，多少年住在一间房子里，开一个门，关一扇窗，跟一个女人睡觉。是不是还有另一种活法，另一番滋味。我是否该挪挪身，面朝一生的另一些事情活一活。就像这幢房子，面南背北多少年，前墙都让太阳晒得发白脱皮了。我是不是把它掉个个，让一向阴潮的后墙根也晒几年太阳。

这样想着就会情不自禁在村里转一圈，果真看上一块地方，地势也高，地盘也宽敞。于是动起手来，花几个月时间盖起一院新房子。至于旧房子嘛，最好拆掉，尽管拆不到一根好檩子，一块整土块。毕竟是住了多年的旧窝，有感情，再贵卖给别人也会有种被人占有的不快感。墙最好也推倒，留下一个破墙圈，别人会把它当成天然的茅厕，或者用来喂羊圈猪，甚至会有人躲在里面干坏事。这样会损害我的名誉。

当然，旧家具会一件不剩地搬进新房子，柴火和草也一根不剩拉到新院子。大树砍掉，小树连根移过去。路无法搬走，但不能白留给别人走。在路上挖两个大坑。有些人在别人修好的路上走顺了，老想占别人的便宜，自己不愿出一点力。我不能让那些自私的人变得更加自私。

我只是把房子从村西头搬到了村南头。我想稍稍试验一下我能不能挪动。人们都说：树挪死，人挪活。树也是老树一挪就死，小树要挪到好地方会长得更旺呢。我在这块地方住了那么多年，已经是一棵老树，根根脉脉都扎在了这里，我担心挪不好把自己挪死。先试着在本村里动一下，要能行，我再往更远处挪动。

可这一挪麻烦事跟着就来了。在搬进新房子的好几年间，我收工回来经常不由自主地回到旧房子，看到一地的烂土块才恍然回过神；牲口几乎每天下午都回到已经拆掉的旧圈棚，在那里挤成一堆；我的所有的梦也都是在旧房子。有时半夜醒来，还当是门在南墙上；出去解手，还以为茅厕在西边的墙角。

不知道住多少年才能把一个新地方认成家。认定一个地方时或许人已经老了，或许到老也无法把一个新地方真正认成家。一个人心中的家，并不仅仅是一间属于自己的房子，而是你长年累月在这间房子里度过的生活。尽管这房子低矮陈旧，清贫如洗，但堆满房子角角落落的那些黄金般珍贵的生活情节，只有你和你的家人共拥共享，别人是无法看到的。走进这间房子，你就会马上意识到：到家了。即使离乡多年，再次转世回来，你也不会忘记回这个家的路。

我时常看到一些老人，在一些晴朗的天气里，背着手，在村外的田野里转悠。他们不仅仅是看庄稼的长势，也在瞅一块墓地。他们都是些幸福的人，在一个村庄的一间房子里，生活到老，知道自己快死了，在离家不远的地方，择一块墓地。虽说是离世，也离得不远。坟头和房顶日夜相望，儿女们的脚步声在周围的田地间走动，说话声、鸡鸣狗吠声时时传来。这样的死没有一丝悲哀，只像是搬一次家。离开喧闹的村子，找个清静处待待。地方是自己选好的，棺木是早几年便吩咐儿女们做好的。从木料、样式到颜色，都是照自己的意愿去做的，没有一丝让你不顺心不满意。唯一舍不得的便是这间老房子，你觉得还没住够，亲人们也这么说：你不该早早离去。其实你已经住得太久太久，连脚下的地都住老了，连头顶的天都活旧了。但你一点没觉得自己有多么“不自觉”。要不是命三番五次地催你，你还会装糊涂生活下去，还会住在这间房子里，还进这个门，睡这个炕。

我一直庆幸自己没有离开这个村庄，没有把时间和精力白白耗费在另一片土地上。在我年轻的时候、年壮的时候，曾有许多诱惑让我险些远走他乡，但我留住了自己。没让自己从这片天空下消失。我还住在老地方，所谓盖新房搬家，不过是一个没有付诸行动的梦想。我怎么会轻易搬家呢？我们家屋顶上面的天空，经过多少年的炊烟熏染，已经跟别处的天空大不一样。当我在远处，还看不到村庄，望不见家园的时候，便能一眼认出我们家屋顶上面的那片天空，它像一块补丁，一幅图画，不管别处的天空怎样风云变幻，它总是晴朗祥和地贴在高处，家安安稳稳坐落在下面；家园周围的这一窝子空气，多少年被我吸进呼出，也已经完全成了我自己的气息，带着我的气味和温度；我在院子里挖井时，曾潜到三米多深的地下，看见厚厚的土层下面褐黄色的沙子，水就从细沙中缓缓渗出；而在西边的一个墙角上，我的尿水年复一年已经渗透到地壳深处，那里的一块岩石已被我含碱的尿水腐蚀得变了颜色。看看，我的生命上抵高天，下达深地。这都是我在一个地方地久天长生活的结果。我怎么会离开它呢。

春天的步调

刚发现那只虫子时，我以为它在仰面朝天晒太阳呢。我正好走累了，坐在它旁边休息。其实我也想仰面朝天和它并排儿躺下来。我把铁锨插在地上。太阳正在头顶。春天刚刚开始，地还大片地裸露着。许多东西没有出来。包括草，只星星点点地探了个头儿，一半儿还是种子埋藏着。那些小虫子也是一半儿在漫长冬眠的苏醒中。这就是春天的步骤，几乎所有生命都留了一手。它们不会一下子全涌出来。即使早春的太阳再热烈，它们仍保持着应有的迟缓。因为，倒春寒是常有的。当一场寒流杀死先露头的绿芽儿，那些迟迟未发芽的草籽、未醒来的小虫子们便幸存下来，成为这片大地的又一次生机。

春天，我喜欢早早地走出村子，雪前脚消融，我后脚踩上冒着热气的荒地。我扛着锨，拿一截绳子。雪消之后荒野上会露出许多东西：一截干树桩，半边埋入土中的柴火棍……大地像突然被掀掉被子，那些东西来不及躲藏起来。草长高还得些时日。天却一天天变长。我可以走得稍远一些，绕到河湾里那棵歪榆树下，折一截细枝，看看断茬处的水绿便知道它多有生气，又能旺势地活上一年。每年春天我都会最先来到这棵榆树下，看上几眼。它是我的树。那根直端端指着我们家房顶的横杈上少了两个细枝条，可能入冬后被谁砍去当筐把子了。上个秋天我爬在树上玩时就发现它是根好筐把子，我没舍得砍。再长粗些说不定是根好锨把呢。我想。它却没能长下去。

我无法把一棵树、树上的一根直爽枝条藏起来，让它秘密地为我一个人生长。我只藏埋过一个西瓜，它独独地为我长大、长熟了。

发现那棵西瓜苗时它已扯了一米来长的秧，根上结了拳头大的一个瓜蛋，梢上还挂着指头大两个小瓜蛋。我想是去年秋天挖柴的人在这儿吃西瓜吐的籽。正好这儿连根挖掉一棵红柳，土虚虚的，很肥沃，还有根挖走后留下的一个小蓄水坑，西瓜便长了起来。

那时候雨水盈足，荒野上常能看见野生的五谷作物：牛吃进肚子没消化掉又排出的整粒苞米，鸟飞过时一松嘴丢进土里的麦粒、油菜籽，鼠洞遭毁后埋下的稻米、葵花……都会在春天发芽生长起来。但都长不了多高又被牲畜、野动物啃掉。

这棵西瓜迟早也会被打柴人或动物发现。他们不会等到瓜蛋子长熟便会生吃了它。谁都知道荒野中的一棵瓜你不会第二次碰见。除非你有闲工夫，在这棵西瓜旁搭个草棚住下来，一直守着它长熟。我倒真想这样去做。我住在野地的草棚中看守过几个月麦垛，也替大人看守过一片西瓜地。在荒野中搭草棚住下，独独地看着一棵西瓜长大这件事，多少年后还在我的脑子想着。我却没做到。我想了另外一个办法：在那棵瓜蛋子下面挖了一个坑，让瓜蛋吊进去。用木棍、草叶和土小心地把坑顶封住。把秧上另两个小瓜蛋掐去。秧头打断，不要它再张扬着长。让人一看就知道这是一截啥都没结的西瓜秧，不会对它过多留意。

此后的一个多月里，我又来看过它三次。显然，有人和动物已经来过，瓜秧旁有新脚印。一只圆形的牛蹄印，险些踩在我挖的坑上。有一个人在旁边站了好一阵儿，留下一对深脚印。他可能不太相信自己的眼睛。还蹲下用手拨了拨西瓜叶——这么粗壮的一截瓜秧，怎么会没结西瓜呢。

又过了一些日子，我估摸着那个瓜该熟了。大田里的头茬瓜已经下秧。我夹了条麻袋，一大早悄悄溜出村子。当我双手微颤着扒开盖在坑顶的土、草叶和木棍——我简直惊住了，那么大一个西瓜，满满地挤在土坑里。抱出来发现它几乎是方的。我挖的坑太小，太方正，让它委屈地长成这样。

当我把这个瓜背回家，家里人更是一片惊喜。他们都不敢相信这个怪模怪样的东西是一个西瓜。它咋长成这样了。

出河湾向北三四里，那片低洼的荒野中蹲着另一棵大榆树，向它走去时我怀着一丝的幻想与侥幸：或许今年它能活过来。

这棵树去年春天就没发芽。夏天我赶车路过它时仍没长出一片叶子。我想它活糊涂了，把春天该发芽长叶子这件事忘记了。树老到这个年纪就这样，死一阵子活一阵子。有时我们以为它死彻底了，过两年却又从干裂的躯体上生出几条嫩枝，几片绿叶子。它对生死无所谓了。它已长得足够粗。有足够多的枝杈，尽管被砍得剩下三两个。它再不指点什么。它指向的绿地都已荒芜。在荒野上一棵大树的每个枝杈都指示一条路。有生路有死路。会看树的人能从一棵粗壮枝杈的指向找到水源和有人家的住居地。

这片土地上的东西已经不多了：树、牲畜、野动物、人、草地，少一个我便能觉察出。我知道有些东西不能再少下去。

每年春天，让我早早走出村子的，也许就是那几棵孤零零的大榆树、洼地里的片片绿草，还有划过头顶的一声声鸟叫——鸟儿们从一棵树，飞向远远的另一棵。飞累了，落到地上喘气……如果没有了它们，我会一年四季待在屋子里，四面墙壁，把门和窗户封死。我会不喜欢周围的每一个人。恨我自己。

在这个村庄里，人可以再少几个，再走掉一些。那些树却不能再少了。那些鸟叫与虫鸣再不能没有。

在春天，有许多人和我一样早早地走出村子，有的扛把锨去看看自己的地。尽管地还泥泞。苞谷茬端扎着。秋收时为了进车平掉的一截毛渠、一段埂子，还原样地放着。没什么好看的，却还是要绕着地看一圈子。

有的出去拾一捆柴背回来。还有的人，大概跟我一样没什么事情，只是想在冒着热气的野外走走。整个冬天冰封雪盖，这会儿脚终于踩在松软的土上了。很少有人在这样的天气窝在家里。春天不出门的人，大都在家里生病。病也是一种生命，在春天暖暖的阳光中苏醒。它们很猛地生发时，村里就会死人。这时候，最先走出村子挥锨挖土的人，就不是在翻地播种，而是挖一个坟坑。这样的年成命定亏损。人们还没下种时，已经把一个人埋进土里。

在早春我喜欢迎着太阳走。一大早朝东走出去十几里，下午面向西逛荡回来。肩上仍旧一把锨一截绳子。有时多几根干柴，顶多三两根。我很少捡一大捆柴压在肩上，让自己躬着背从荒野里回来——走得最远的人往往背回来的东西最少。

我只是喜欢让太阳照在我的前身。清早，刚吃过饭，太阳照着鼓鼓的肚子，感觉嚼碎的粮食又在身体里葱葱郁郁地生长。尤其平射的热烈阳光穿过我两腿之间。我尽量把腿叉得开些走路，让更多的阳光照在那里。这时我才体会到阳光普照这个词。阳光照在我的头上和肩上，也照在我正慢慢成长的阴囊上。

我注意到牛在春天喜欢屁股对着太阳吃草。驴和马也这样。狗爱坐着晒太阳。老鼠和猫也爱后腿叉开坐在地上晒太阳。它们和我一样会享受太阳普照在潮湿阴部的亢奋与舒坦劲儿。

我同样能体会到这只常年爬行、腹部晒不到太阳的小甲壳虫，此刻仰面朝天躺在地上的舒服劲儿。一个爬行动物，当它想让自己一向阴潮的腹部也能晒上太阳时，它便有可能直立起来，最终成为智慧动物。仰面朝天是直立动物享乐的特有方式。一般的爬行动物只有死的时候才会仰面朝天。

这样想时突然发现这只甲壳虫朝天蹬腿的动作有些僵滞，像在很痛苦地抽搐。它是否快要死了。我躺在它旁边。它就在我头边上。我侧过身，用一个小木棍拨了它一下，它正过身来，光滑的甲壳上反射着阳光，却很快又一歪身，仰面朝天躺在地上。

我想它是快要死了。不知什么东西伤害了它。这片荒野上一只虫子大概有两种死法：死于奔走的大动物蹄下，或死于天敌之口。还有另一种死法——老死，我不太清楚。在小动物中我只认识老蚊子。其他的小虫子，它们的死太微小，我看不清。当它们在地上走来奔去时，我确实弄不清哪个老了，哪个正年轻。看上去它们是一样。

老蚊子朝人飞来时往往带着很大的嗡嗡声。飞得也不稳，好像一只翅膀有劲，一只没劲。往人皮肤上落时腿脚也不轻盈，很容易让人觉察，死于一巴掌之下。

一次我躺在草垛上想事情，一只老蚊子朝我飞过来，它的嗡嗡声似乎把它吵晕了，绕着我转了几圈才落在手臂上。落下了也不赶紧吸血，仰着头，像在观察动静，又像在大口喘气。它犹豫不定时，已经触动我的一两根汗毛，若在晚上我会立马一巴掌拍在那里。可这次，我懒得拍它。我的手正在远处干一件想象中的美妙事。我不忍将它抽回来。况且，一只老蚊子，已经不怕死，又何必置它于死地。再说我一挥手也耗血气，何不让它吸一点血赶紧走呢。

它终于站稳当了。它的小吸血管可能有点钝，我发现它往下扎了一下，没扎进去，又抬起头，猛扎了一下。一点细细的疼传到心里。是我看见的。我的身体不会把这点细小的疼传到心里。它在我疼感不知觉的范围内吸吮鲜血。那是我可以失去的。我看见它的小肚子一点点红起来，皮肤才有了点痒，我下意识抬起手，做挥赶的动作。它没看见。还在不停地吸，半个小肚子都红了。我想它该走了。我也只能让它吸半肚子血。剩下的到别人身上去吸吧。再贪嘴也不能叮住一个人吃饱。这样太危险。可它不害怕，吸得投入极了。我动了动胳膊，它翅膀扇了一下，站稳身体，丝毫没影响嘴的吮吸。我真恼了，想一巴掌拍死它，又觉得那身体里满是我的血，拍死了可惜。

这会儿它已经吸饱了，小肚子红红鼓鼓的，我看见它拔出小吸管，头晃了晃，好像在我的一根汗毛根上擦了擦它吸管头上的血迹，一蹬腿飞起来。飞了不到两拃高，一头栽下去，掉在地上。

这只贪婪的小东西，它拼命吸血时大概忘了自己是只老蚊子了。它的翅膀已驮不动一肚子血。它栽下去，立马就死了。它仰面朝天，细长的腿动了几下，我以为它在挣扎，想爬起来再飞。却不是。它的腿是风刮动的。

我知道有些看似在动的生命，其实早死亡了。风不住地刮着它们，从一个地方，到另一个地方，再回来。

这只甲壳虫没有马上死去。它挣扎了好一阵子了。我转过头看了会儿远处的荒野、荒野尽头的连片沙漠，又回过头，它还在蹬腿，只是动作越来越无力。它一下一下往空中蹬腿时，我仿佛看见一条天上的路。时光与正午的天空就这样被它朝天的小细腿一点点地西移了一截子。

接着它不动了。我用小棍拨了几下，仍没有反应。

我回过头开始想别的事情。或许我该起来走了。我不会为一只小虫子的死去悲哀。我最小的悲哀大于一只虫子的死亡。就像我最轻的疼痛在一只蚊子的叮咬之外。

我只是耐心地守候过一只小虫子的临终时光，在永无停息的生命喧哗中，我看到因为死了一只小虫而从此沉寂的这片土地。别的虫子在叫。别的鸟在飞。大地一片片明媚复苏时，在一只小虫子的全部感知里，大地暗淡下去。

寒风吹彻

雪落在那些年雪落过的地方，我已经不注意它们了。比落雪更重要的事情开始降临到生活中。三十岁的我，似乎对这个冬天的来临漠不关心，却又好像一直在倾听落雪的声音，期待着又一场雪悄无声息地覆盖村庄和田野。

我静坐在屋子里，火炉上烤着几片馍馍，一小碟咸菜放在炉旁的木凳上，屋里光线暗淡。许久以后我还记起我在这样的一个雪天，围抱火炉，吃咸菜啃馍馍想着一些人和事情，想得深远而入神。柴火在炉中啪啪地燃烧着，炉火通红，我的手和脸都烤得发烫了，脊背却依旧凉飕飕的。寒风正从我看不见的一道门缝吹进来。冬天又一次来到村里，来到我的家。我把怕冻的东西一一搬进屋子，糊好窗户，挂上去年冬天的棉门帘，寒风还是进来了。它比我更熟悉墙上的每一道细微裂缝。

就在前一天，我似乎已经预感到大雪来临。我劈好足够烧半个月的柴火，整齐地码在窗台下。把院子扫得干干净净，无意中像在迎接一位久违的贵宾——把生活中的一些事情扫到一边，腾出干净的一片地方来让雪落下。下午我还走出村子，到田野里转了一圈。我没顾上割回来的一地葵花秆，将在大雪中站一个冬天。每年下雪之前，都会发现有一两件顾不上干完的事而被搁一个冬天。冬天，有多少人放下一年的事情，像我一样用自己那只冰手，从头到尾地抚摸自己的一生。

屋子里更暗了，我看不见雪。但我知道雪在落，漫天地落。落在房顶和柴垛上，落在扫干净的院子里，落在远远近近的路上。我要等雪落定了再出去。我再不像以往，每逢第一场雪，都会怀着莫名的兴奋，站在屋檐下观看好一阵，或光着头钻进大雪中，好像有意要让雪知道世上有我这样一个人，却不知道寒冷早已盯住了自己活蹦乱跳的年轻生命。

经过许多个冬天之后，我才渐渐明白自己再躲不过雪，无论我蜷缩在屋子里，还是远在冬天的另一个地方，纷纷扬扬的雪，都会落在我正经历的一段岁月里。当一个人的岁月像荒野一样敞开时，他便再无法照管好自己。

就像现在，我紧围着火炉，努力想烤热自己。我的一根骨头，却露在屋外的寒风中，隐隐作痛。那是我多年前冻坏的一根骨头，我再不能像捡一根牛骨头一样，把它捡回到火炉旁烤热。它永远地冻坏在那段天亮前的雪路上了。

那个冬天我十四岁，赶着牛车去沙漠里拉柴火。那时一村人都靠长在沙漠里的一种叫梭梭的灌木取暖过冬。因为不断砍挖，有柴火的地方越来越远。往往要用一天半夜时间才能拉回一车柴火。每次去拉柴火，都是母亲半夜起来做好饭，装好水和馍馍，然后叫醒我。有时父亲也会起来帮我套好车。我对寒冷的认识是从那些夜晚开始的。

牛车一走出村子，寒冷便从四面八方拥围而来，把我从家里带出的那点温暖搜刮得一干二净，浑身上下只剩下寒冷。

那个夜晚并不比其他夜晚更冷。

只是我一个人赶着牛车进沙漠。以往牛车一出村，就会听到远远近近的雪路上其他牛车的走动声，赶车人隐约的吆喝声。只要紧赶一阵路，便会追上一辆或好几辆去拉柴的牛车，一长串，缓行在铅灰色的冬夜里。那种夜晚天再冷也不觉得。因为寒风在吹好几个人，同村的、邻村的、认识和不认识的，好几驾牛车在这条夜路上抵挡着寒冷。

而这次，一野的寒风吹着我一个人。似乎寒冷把其他一切都收拾掉了。现在全部地对付我。

我裹紧羊皮大衣，一动不动趴在牛车里，不敢大声吆喝牛，免得让更多的寒冷发现我。从那个夜晚我懂得了隐藏温暖——在凛冽的寒风中，身体中那点温暖正一步步退守到一个隐秘得连我自己都难以找到的深远处——我把这点隐深的温暖节俭地用于此后多年的爱情和生活。我的亲人们说我是个很冷的人，不是的，我把仅有的温暖全给了你们。

许多年后有一股寒风，从我自以为火热温暖的从未被寒冷浸入的内心深处阵阵袭来时，我才发现穿再厚的棉衣也没用了。生命本身有一个冬天，它已经来临。

天亮后，牛车终于到达有柴火的地方。我的一条腿却被冻僵了，失去了感觉。我试探着用另一条腿跳下车，拄着一根柴火棒活动了一阵，又点了一堆火烤了一会儿，勉强可以行走了，腿上的一块骨头却生疼起来，是我从未体验过的一种疼，像一根根针刺在骨头上又狠命往骨髓里钻——这种痛感一直延续到以后所有的冬天以及夏季里阴冷的日子。

太阳落地时，我装着半车柴火回到家里，父亲一见就问我：怎么拉了这点柴，不够两天烧的。我没吭声。也没向家里说腿冻坏的事。

我想很快会暖和过来。

那个冬天要是稍短些，家里的火炉要是稍旺些，我要是稍把这条腿当回事，或许我能暖和过来。可是现在不行了。隔着多少个季节，今夜的我，围抱火炉，再也暖不热那个遥远冬天的我，那个在上学路上不慎掉进冰窟窿，浑身是冰往回跑的我，那个跺着冻僵的双脚，捂着耳朵在一扇门外焦急等待的我……我再不能把他们唤回到这个温暖的火炉旁。我准备了许多柴火，是准备给这个冬天的。我才三十岁，肯定能走过冬天。

但在我周围，肯定有个别人不能像我一样度过冬天。他们被留住了。冬天总是一年一年地弄冷一个人，先是一条腿、一块骨头、一副表情、一种心境……尔后整个人生。

我曾在一个寒冷的早晨，把一个浑身结满冰霜的路人让进屋子，给他倒了一杯热茶。那是个上了年纪的人，身上带着许多个冬天的寒冷，当他坐在我的火炉旁时，炉火须臾间变得苍白。我没有问他的名字，在火炉的另一边，我感觉到迎面逼来的一个老人的透骨寒气。

他一句话不说。我想他的话肯定全冻硬了，得过一阵才能化开。

大约坐了半个时辰，他站起来，朝我点了一下头，开门走了。我以为他暖和过来了。

第二天下午，听人说村西边冻死了一个人。我跑过去，看见这个上了年纪的人躺在路边，半边脸埋在雪中。

我第一次看到一个人被冻死。

我不敢相信他已经死了。他的生命中肯定还深藏着一点温暖，只是我们看不见。一个人最后的微弱挣扎我们看不见，呼唤和呻吟我们听不见。

我们认为他死了。彻底地冻僵了。

他的身上怎么能留住一点点温暖呢。靠什么去留住。他的烂了几个洞、棉花露在外面的旧棉衣？底快磨通、一边帮已经脱落的那双鞋？还有，他多少个冬天积累起来的彻骨寒冷。

落在一个人一生中的雪，我们不能全部看见。每个人都在自己的生命中，孤独地过冬。我们帮不了谁。我的一小炉火，对这个贫寒一生的人来说，显然微不足道。他的寒冷太巨大。

我有一个姑妈，住在河那边的村庄里，许多年前的那些个冬天，我们兄弟几个常走过封冻的玛河去看望她。每次临别前，姑妈总要说一句：天热了让你妈过来喧喧。

姑妈年老多病，她总担心自己过不了冬天。天一冷她便足不出户，偎在一间矮土屋里，抱着火炉，等待春天来临。

一个人老的时候，是那么渴望春天来临。尽管春天来了她没有一片要抽芽的叶子，没有半瓣要开放的花朵。春天只是来到大地上，来到别人的生命中。但她还是渴望春天，她害怕寒冷。

我一直没有忘记姑妈的这句话，也不止一次地把它转告给母亲。母亲只是望望我，又忙着做她的活。母亲不是一个人在过冬，她有五六个没长大的孩子，她要拉扯着他们度过冬天，不让一个孩子受冷。她和姑妈一样期盼着春天。

……天热了，母亲会带着我们，蹚过河，到对岸的村子里看望姑妈。姑妈也会走出蜗居一冬的土屋，在院子里晒着暖暖的太阳和我们说说笑笑……多少年过去了，我们一直没有等到这个春天。好像姑妈那句话中的“天”一直没有热。

姑妈死在几年后的一个冬天。我回家过年，记得是大年初四，我陪着母亲沿一条即将解冻的马路往回走。母亲在那段路上告诉我姑妈去世的事。她说：“你姑妈死掉了。”

母亲说得那么平淡，像在说一件跟死亡无关的事情。

“怎么死的?”我似乎问得更平淡。

母亲没有直接回答我。她只是说:“你大哥和你弟弟过去帮助料理了后事。”

此后的好一阵,我们再没说话,只顾静静地走路。快到家门口时,母亲说了句:天热了。

我抬头看了看母亲,她的身上散着热气,或许是走路的缘故,不过天气真的转热了。对母亲来说,这个冬天已经过去了。

“天热了过来喧喧。”我又想起姑妈的这句话。这个春天再不属于姑妈了。她熬过了许多个冬天,还是被这个冬天留住了。我想起爷爷奶奶也是分别死在几年前的冬天。母亲还活着。我们在世上的亲人会越来越少。我告诉自己,不管天冷天热,我都常过来和母亲坐坐。

母亲拉扯大她的七个儿女。她老了。我们长高长大的七个儿女,或许能为母亲挡住一丝的寒冷。每当儿女们回到家里,母亲都会特别高兴,家里也顿添热闹的气氛。

但母亲斑白的双鬓分明让我感到她一个人的冬天已经来临,那些雪开始不退、冰霜开始不融化——无论春天来了,还是儿女们的孝心和温暖备至。

随着三十年的人生距离,我感受着母亲独自在冬天的透心寒冷。我无能为力。

雪越下越大。天彻底黑透了。

我围抱着火炉，烤热漫长一生的一个时刻。我知道这一时刻之外，我其余的岁月，我的亲人们的岁月，远在屋外的大雪中，被寒风吹彻。

捉迷藏

我从什么时候离开了他们——那群比我大好几岁的孩子，开始一个人玩。好像有一只手把我从他们中间强拉了出来，从此再没有回去。

夜里我躺在草垛上，听他们远远近近的喊叫。我能听出那是谁的声音。他们一会儿安静，一会儿一阵吵闹，惹得村里的狗和驴也叫起来。村子四周是黑寂寂的荒野和沙漠。他们无忌的喊叫使黑暗中走向村子的一些东西远远停住。我不知道那是些什么东西，是一匹狼、一群乘夜迁徙的野驴、一窝老鼠。或许都不是。但它们停住了。另一些东西闻声潜入村子，悄无声息地融进墙影尘土里，成为村子的一部分。

那时大人们已经睡着。睡不着的也静静躺着。大人们很少在夜里胡喊乱叫，天一黑就叫孩子回来睡觉。“把驴都吵醒了。驴睡不好觉，明天咋拉车干活。”他们不知道孩子们在黑夜中的吵闹对这个村子有啥用处。

我那时也不知道。

许多年后的一个长夜，我躺在黑暗中，四周没有狗叫驴鸣、没一丝人声，无边的黑暗压着我一个人，我不敢出声。呼吸也变成黑暗的，仿佛天再不会亮。我睁大眼睛，无望地看着自己将被窒息。这时候，一群孩子的喊叫声远远响起，越来越近、越来越近。

他们在玩捉迷藏游戏。还是那一群孩子。有时从那堆玩泥巴的尕小子中加进来几个，试玩两次，不行，原回去玩你的尿泥。捉迷藏可不是谁都能玩的。得机灵。“藏好了吗？”“藏好了。”喊一声就能诈出几个傻小子。天黑透了还要能自己摸回家去。有时也会离开几个，走进大人堆里再不回来。

夜夜都有孩子玩，夜夜玩到很晚。有的玩着玩着一歪身睡着，没人叫便在星光月影里躺一夜，有时会被夜里找食吃的猪拱醒，迷迷糊糊起来，一头撞进别人家房子。贼在后半夜才敢进村偷东西。野兔在天亮前那一阵子才小心翼翼钻进庄稼地，咬几片青菜叶，留一堆粪蛋子。也有孩子玩累了不想回家，随便钻进草垛柴堆里睡着。有人半夜出来解手，一蹲身，看见墙根阴影里躺着做梦的人，满嘴胡话。夜再深，狗都会出来迎候撒尿的主人，狗见主人尿，也一撇腿，撒一股子。至少有两个大人睡在外面。一个看麦场的李老二，一个河湾里看瓜的韩老大。孩子们的吵闹停息后两个大人就会醒来。一个坐在瓜棚，一个躺在粮堆上。都带着狗。听见动静人大喝一声，狗狂叫两声。都不去追。他们的任务只是看住东西。整个村子就这两样东西由人看着。孩子们一散，许多东西扔在夜里。土墙一夜一夜立在阴影里，风嗖嗖地从它身上刮走一粒一粒土。草垛在棚顶上暗暗地下折了一截子。躺在地上的一根木头，一面黑一面白，像被月光剖开，安排了一次生和死的见面。立在墙边的一把锨，搭在树上的一根绳子，穿过村子黑黑地走掉的那条路。过去许多年后，我们会知道这个村子丢失了什么。那些永远吵闹的夜晚。有一个夜晚，他们再找不见我了。

“粪堆后面找了吗？看看马槽下面。”

“快出来吧。我已经看到了，再不出来扔土块了。”

谁都藏不了多久。我们知道每一处藏人的地方。知道哪些人爱往哪几个地方藏。玩了好多年，玩过好几茬人，那些藏法和藏人的地方都已不是秘密。

早先孩子们爱往树上藏，一棵一棵的大榆树蹲在村里村外，枝叶稠密。一棵大树上能藏住几十个孩子，树窟里也能藏人。树上是鸟的家，人一上去鸟便叽叽喳喳叫，很快就暴露了。草丛也藏不住人，一蹲进去虫便不叫了。夜晚的田野虫声连片，各种各样的虫鸣交织在一起。“有一丈厚的虫声。”虫子多的年份父亲说这句话。“虫声薄得像一张纸。”虫子少的时候父亲又这样说。父亲能从连片的虫声中听出田野上有多少种虫子，哪种虫多了哪种少了。哪种虫一只不留地离开这片土地远远走了，再不回来。

我从没请教过父亲他是咋听出来的。我跟着他在夜晚的田野上走了许多次后，我就自己知道了。

最简单的是在草丛里找人。静静蹲在地边上，听哪片地里虫声哑了，里面肯定藏着人。

往下蹲时要闭住气，不能带起风，让空气都觉察不出你在往下蹲。你听的时候其他东西也在倾听。这片田野上有无数双耳朵在倾听。一个突然的大声响会牵动所有的耳朵。一种东西悄然间声息全无也会引来众多的惊恐和关注。当一种东西悄无声息时，它不是死了便是进入了倾听。它想听见什么。它的目标是谁。那时所有的倾听者会更加小心寂静，不传出一点声息。

听的时候耳朵和身体要尽量靠近地，但不能贴在地上。一样要闭住气。一出气别的东西就能感觉到你。吸气声又会影响自己。只有静得让其他东西听不到你的一丝声息，你才能清晰地听到他们。

我不知道父亲是不是用这种方式倾听，他很少教给我绝活。也许在他看来那两下子根本不叫本事，看一眼谁都会了。

那天黄昏我们家少了一只羊，我和父亲去河湾里找。天还有点亮，空气中满是尘烟霞气，又黄又红，吸进去感觉稠稠的，能把人喝饱似的。

河湾里草长得比我高。父亲只露出一个头顶。我跳个蹦子才能探出草丛。

爬到树上看看去。父亲说。我们走了十几分钟，来到那棵大榆树下面。

看看哪一片草动。父亲在树下喊。

一河湾草都在动。我说。

那就下来吧。

父亲坐在树下抽起了烟，我站在他旁边。

没一丝风草咋好像都在动。我说。

草让人和牲口打搅了一天，还没有消停下来。父亲说。

我知道父亲要等天黑，等晚归的人和牲口回到家，等田野消停下来。那时，细细密密的虫声就会像水一样从地里渗出来，越漫越厚、越漫越深。

韩老二一回来，地里就没人了。他总是最后收工。今天他还背了捆柴火，也许是一捆青草。背在右肩膀上。你听他走路右脚重左脚轻。

父亲没有开口，我听见他心里说这些话。

那时候我只感觉到大地上声音很乱、很慌忙也很疲惫。最后一缕夕阳从地面抽走的声音，像一根落地的绳子，软弱无力。不像大清早，不论鸡叫驴鸣、人畜走动、苍蝇拍翅、蚂蚱蹬腿，都显得非常有劲。我那时已能听见地上天空的许多声音，只是不能仔细分辨它们。

天已经全黑了。天边远远地扔着几颗星星，像一些碎银子。我们离开那棵榆树走了十几分钟。每一脚都踩灭半分地的虫声。我回过头，看见那棵大榆树黑黑地站在夜幕里，那根横杈像一只手臂端指着村子。它的每片叶子都在听，每个根条都在听。它全听见了，全知道了。看，就是那户人家。它指给谁看。我突然害怕起来。紧走了几步。

这个横杈一直指着我们家房子。刚才在树上时，我险些告诉了父亲。话都想出来了，不知为什么，竟没发出声。

父亲在前面停下来，然后慢慢往下蹲。我离他两三米处，停住脚，也慢慢蹲下去。很快，踩灭的虫声在我们身边响起来，水一样淹没到头顶。约莫过了五分钟，父亲站起来，我跟着站起来。

在那边，西北角上。父亲抬手指了一下。

我突然想起那棵大榆树，又回头望了一眼。

东边草滩上也有个东西在动。我说。

那是一头牛。你没听见出气声又粗又重。父亲瞪了我一眼。

我想让他们听见我的声音。我渴望他们发现我。一开始我藏得非常静，听见他们四处跑动。

“方头，出来，看见你了。”

“韩四娃也找见了，我看见冯宝子朝那边跑了，肯定藏在马号里。就剩下刘二了。”

他们说话走动的声音渐渐远去，偏移向村东头。我故意弄出些响声，还钻出来跳了几个蹦子，想引他们过来。可是没用，他们离得太远了。

“柴垛后面找。”

“房顶上。”

“菜窖里看一下。”

他们的叫喊声隐隐约约，我原藏进那丛干草中，掩好自己，心想他们在村东边找不到就会跑回来找。

我很少被他们轻易找到过，我会藏得不出声息。我会把心跳声用手捂住。我能将偶不小心弄出的一点响声捉回来，捏死在手心。

七八个，找另外的七八个。最多的时候有二三十个孩子，黑压压一群。我能辨出他们每个人的身影，当月亮在头顶时他们站在自己的阴影里，额头鼻尖上的月光偶尔一晃。我能听出每个人的脚步声，有多少双脚就有多少种不同的落地声。我能听见他们黑暗中回头时脖颈转动的声音。当月亮东斜，他们每个人的影子都有几百米长，那时我站得远远的，看看地上的影子就能认出这是谁的头那是谁的身子。他们迎着月光走动时影子仰面朝天躺在地上，鼻子嘴朝上，蹲下身去会看见影子的头部有一些湿气般的东西轻轻飘浮，模模糊糊的，那是说话的影子，稍安静些我就能辨出那些话影的内容。

我躬着腰跟在他们后面。有时我不出声地混在他们中间，看他们四处找我。

“就差刘二一个没找见。看看后面。往草上踏。”

一次我就躺在路上的车辙里，身上扔了一把草，他们来来回回几次都没看到。

“谁把草掉在路上了。”一个过来踢了一脚。

“走吧，到牛圈里找去。”另一个喊。

一只脚贴着我的耳朵边踩过去。是张四的脚，他走路时总是脚后跟先落地。

“刚才我就觉得奇怪，白天没人拉草，路上怎么会掉下草。”

“悄悄别吭声，过去直接往草上踏。踏死鬼刘二。”

他们返回来时我已经跟在后面。我走路不出一点声、轻声轻脚，感觉心里有一双翅膀无声地扇动，脚踩下时，心在往上飞升，远远地离开地。我藏在他们找过的地方。藏在他们的背影里。一回头，我就消失。我知道人的左眼和右眼中间有一个盲区，刚好藏住一个孩子的侧影，尤其夜里它能藏住更多东西。

有一次，我双腿勾住一根晾衣绳倒挂在半空里。绳上原来搭着一条大人裤子。

“藏好了没有。开始找了。”

他们叫喊着走出院子。我从另一个豁口进来，扯下绳上的裤子，把自己搭上去。

过了好一阵他们回来了，先是说话声，接着一群倒竖着的人影晃进院子。夜色灰蒙蒙的，像起了雾。有个人举手抓住绳子坠了几下，我在上面摆动起来，黑黑地，一下一下，眼看碰上一个人的后背，又荡回来。

夜又黑了一些，他们站在院子里，好一阵一句话不说，像瞌睡了，都在打盹。又过了一阵有人开始往外走，其他人跟着往外走，院子里变空了，听见他们的脚步声在马路上散开，渐渐走远，像一朵花开败在夜里。这时下起了雨，雨点小小的。有一两滴落进鼻孔，直直滴到嗓子里。我还在不停地晃动，雨点细细地打在身上，像一群轻手轻脚的小蚊虫。我想一条忘记收回去的裤子，就是这样在黑夜里被雨慢慢淋湿。我觉得快要睡过去，一伸腿，从绳上掉下来，爬起来打了把土，没意思地回家去了。

这次也一样没意思，我一直藏到后半夜，知道再没有人来找我，整个村子都没声音了。听到整个村子没声音时，我突然屏住气，觉得村子一下变成一个东西。它猛地停住，慢慢蹲下身去，耳朵贴近地面。它开始倾听，它听见了什么。什么东西在朝村子一点一点地移动，声音很小、很远，它移到村子跟前还要好多年，所以村子一点不惊。它只是倾听。也从不把它听见的告诉村里的人和牲畜，它知道自己什么时候起身离开。或许等那个声音到达时，我、我们，还有这个村子，早已经远远离开这地方，走得谁都找不见。不知村子是否真听到了这些。不管它在听什么我都不想让它听见我。它不吭声。我也不出声。村子静得好像不存在。我也不存在。只剩下大片荒野，它也没有声音。

这样不知相持了多久，村子憋不住了。一头驴叫起来，接着另一头驴、另外好几头驴叫起来，听上去村子就像张着好几只嘴大叫的驴。

我松了口气，心想再相持一会儿，先暴露的肯定是我。因为天快要亮了，我已经听见阳光唰唰地穿过遥远大地的树叶和尘土，直端端奔向这个村子。曙光一现，谁都会藏不住的。而最先藏不住的是我。我蹲在村东大渠边的一片枯草里，阳光肯定先照到我。

从那片藏身的枯草中站起的一瞬我觉得我已经长大，像个我叫不上名字的动物在一丛干草中寂寞地长大了，再没地方能藏住我。

我翻过渠沿，绕过王占家的房子，像个大人似的迈着重重的步子，踏上村中间那条马路。村子不会听见我，它让自己的驴叫声吵懵了。只有我知道我在往家走，而且，再不会回到那群捉迷藏的孩子中了。

谁的影子

那时候，喜欢在秋天的下午捉蜻蜓，蜻蜓一动不动趴在向西的土墙上，也不知哪来那么多蜻蜓，一个夏天似乎只见过有数的几只，单单地，在草丛和庄稼地里飞，一转眼便飞得不见。或许秋天人们将田野里的庄稼收完草割光，蜻蜓没地方落了，都落到村子里。一到下午几乎家家户户每一堵朝西的墙壁上都趴满了蜻蜓，夕阳照着它们透明的薄翼和花丝各异的细长尾巴。顺着墙根悄悄溜过去，用手一按，就捉住一只。捉住了也不怎么挣扎，一只捉走了，其他的照旧静静趴着。如果够得着，搭个梯子，把一墙的蜻蜓捉光，也没一只飞走的。好像蜻蜓对此时此刻的阳光迷恋至极，生怕一拍翅，那点暖暖的光阴就会飞逝。蜻蜓飞来飞去最终飞到夕阳里的一堵土墙上。人东奔西簸最后也奔波到暮年黄昏的一截残墙根。

捉蜻蜓只是孩子们的游戏，长大长老的那些人，坐在墙根聊天或打盹，蜻蜓爬满头顶的墙壁，趴在黄旧的帽檐上，像一件精心的刺绣。人偶尔抬头看几眼，接着打盹或聊天，连落在鼻尖上的蚊子，也懒得拍赶。仿佛夕阳已短暂到无法将一个动作做完，一口气吸完。人、蜻蜓和蚊虫，在即将消失的同一缕残阳里，已无从顾及。

也是一样的黄昏，从西边田野上走来一个人，个子高高的，扛着锨，走路一摇一晃。他的脊背趴满晒太阳的蜻蜓，他不知觉。他的衣裳和帽子，都被太阳晒黄。他的后脑勺晒得有些发烫。他正从西边一个大斜坡上下来，影子在他前面，长长的，已经伸进家。他的妻子在院子里，做好了饭，看见丈夫的影子从敞开的大门伸进来，先是一个头——戴帽子的头。接着是脖子，弯起的一只胳膊和横在肩上的一把锨。她喊孩子打洗脸水："你爸的影子已经进屋了。快准备吃饭了。"

孩子打好水，脸盆放在地上，跑到院门口，看见父亲还在远处的田野里走着，独独的一个人，一摇一晃的。他的影子像一渠水，悠长地朝家里流淌着。

那是谁的父亲。

谁的母亲在那个门朝西开的院子里，做好了饭。谁站在门口朝外看。谁看见了他们……他停住，像风中的一片叶子停住、尘埃中的一粒土停住，茫然地停住——他认出那个院子了，认出那条影子尽头扛锨归来的人，认出挨个摆在锅台上的八只空碗，碗沿的豁口和细纹，认出铁锅里已经煮熟冒出香味的晚饭，认出靠墙坐着抽烟的大哥，往墙边抬一根木头的三弟、四弟，把木桌擦净一双一双总共摆上八双筷子的大妹梅子，一只手拉着母亲后襟嚷着吃饭的小妹燕子……

他感激地停留住。

共同的家

为一窝老鼠我们先后养过四五只猫，全是早先一只黑母猫的后代。在我的印象中，猫和老鼠早就订好了协议。自从养了猫，许多年间我们家老鼠再没增多，却也始终没彻底消灭，这全是猫故意给老鼠留了生路。老鼠每天夜里牺牲掉两只供猫果腹，猫一吃饱，老鼠便太平了，满屋子闹腾，从猫眼皮底下走过，猫也懒得理识。

我们早就识破猫和老鼠的这种勾当。但也没办法，不能惩罚猫。猫打急了会跑掉，三五天不回家，还得人去找。有时在别人家屋里找见，已经不认你了。不像狗，对它再不好也不会跑到别人家去。

我们一直由着猫，给它许多年时间，去捉那窝老鼠，很少打过它。我们想，猫会慢慢把这个家当成自己家，把家里的东西当成自己的东西去守护。我们期望每个家畜都能把这个院子当成家，跟我们一起和和好好往下过日子。虽然，有时我们不得不把喂了两年的一头猪宰掉，把养了三年的一只羊卖掉，那都是没办法的事。

那头黑猪娃刚买来时就对我们家很不满意。母亲把它拴在后墙根，不留神它便在墙根拱一个坑，样子气哼哼的，像要把房子拱倒似的。要是个外人在我们家后墙根挖坑，我们非和他拼命不可。对这个小猪娃，却只有容忍。每次母亲都拿一个指头细的小树条，在小猪鼻梁上打两下，当着它的面把坑填平、踩瓷实。末了举起树条吓唬一句：再拱墙根打死你。

黄母牛刚买来时也常整坏家里的东西。父亲从邱老二家买它时才一岁半。父亲看上了它，它却没看上父亲，不愿到我们家来。拉着一个劲地后退，还甩头，蹄子刨地向父亲示威。好不容易牵回家，拴在槽上，又踢又叫，独自在那里耍脾气。它用角抵歪过院墙，用屁股蹭翻过牛槽。还踢伤一只白母羊，造成流产。父亲并没因此鞭打它。父亲爱惜它那身光亮的没有一丝鞭痕的皮毛。我们也喜欢它的犟劲，给它喂草饮水时逗着它玩。它一发脾气就赶紧躲开。我们有的是时间等。一个月，两个月。一年，两年。我们总会等到一头牛把我们全当成好人，把这个家认成自己家，有多大劲也再不往院墙牛槽上使，爱护家里每一样东西，容忍羊羔在它肚子下钻来钻去，鸡在它蹄子边刨虫子吃，有时飞到脊背上啄食草籽。

牛是家里的大牲畜。我们知道养乖一头牛对这个家有多大意义。家里没人时，遇到威胁其他家畜都会跑到牛跟前。羊躲到牛屁股后面，鸡钻到羊肚子底下。狗会抢先迎上去狂吠猛咬。在狗背后，牛怒瞪双眼，扬着利角，像一堵墙一样立在那里。无论进来的是一条野狗，一匹狼，一个不怀好意的陌生人，都无法得逞。

在这个院子里我们让许多素不相识的动物成了亲密一家。我们也曾期望老鼠把这个家当成自己家，饿了到别人家偷粮食，运到我们家来吃。可是做不到。

几个夏天过去后，这个院子比我们刚来时更像个院子。牛圈旁盖了间新羊圈，羊圈顶上是鸡窝。猪圈在东北角上，全用树根垒起来的，与牛羊圈隔着菜窖和柴垛。是我们故意隔开的。牛羊都嫌弃猪。猪粪太臭，猪又爱往烂泥坑里钻，身子脏兮兮的。牛羊都极爱干净。尽管白天猪哼哼唧唧在牛羊间钻来钻去，也看不出牛和羊怎么嫌弃它，更没见羊和猪打过架，但我们还是把它们分开，一来院子东北角正对着荒地，需要把院墙垒结实。二来我们潜意识中觉得，那个角上应该有谁驻守。猪也许最合适。

经过几个夏天——我记不清经过了几个夏天，无论母亲、大哥、我、弟弟妹妹，还是我们进这个家后买的那些家畜们，都已默认和喜欢上这个院子。我们亲手给它添加了许多内容。除了羊圈，房子东边续盖了两间小房子，一间专门煮猪食，一间盛农具和饲料。院墙几乎重修了一遍，我们进来时有好几处篱笆坏了，到处是大大小小的洞，第一年冬天从雪地上的脚印我们知道，有野兔、狐狸，还有不认识的一种动物进了院子。拆掉重盖又拆掉，垒了三次狗窝，一次垒在院子最里面靠菜地的那棵榆树下，嫌狗咬人不方便，离院门太远，它吠叫着跑过院子时惊得鸡四处乱飞。二次移到大门边，紧靠门墩，狗洞对着院门，结果外人都不敢走近敲门，有事站在路上大嗓子喊。三次又往里移了几米。

这些小活都是我们兄弟几个干。大些的活父亲带我们一块干。父亲早年曾在村里当过一阵小组长，我听有人来找父亲帮忙时，还尊敬地叫他方组长，更多时候大家叫他方老二。

我们跟父亲干活总要闹许多别扭。那时我们对这个院子的历史一无所知，不知道那些角角落落里曾发生过什么事。“不要动那根木头。”他大声阻止。我们想把这根歪扭的大榆木挪到墙根，腾出地方来栽一行树。“那个地方不能挖土。”“别动那个木桩。”我们隐约觉得那些东西上隐藏着许多事。我们太急于把手伸向院子的每一处，想抹掉那些不属于我们的陈年旧事，却无意中翻出了它们，让早已落定的尘埃重又弥漫在院子。我们挪动那些东西时已经挪动了父亲的记忆。我们把他的往事搅乱了。他很生气。他一生气便气哼哼地蹲到墙根，边抽烟边斜眼瞪我们。在他的乜视里我们小心谨慎干完一件又一件事，照着我们的想法和意愿。

牲畜们比我们更早地适应了一切。它们认下了门：朝路开的大门、东边侧门、菜园门、各自的圈门，知道该进哪个不能进哪个。走远了知道回来，懂得从门进进出出，即使院墙上有个豁口也不随便进出。只有野牲口（我们管别人家的牲口叫野牲口）才从院墙豁口跳进来偷草料吃。经过几个夏天（我总是忘掉冬天，把天热的日子都认成夏天），它们都已经知道了院子里哪些东西不能踩，知道小心地绕过筐、盆子、脱在地上没晾干的土块、农具，知道了各吃各的草，各进各的圈，而不像刚到一起时那样相互争吵。到了秋天院子里堆满黄豆、甜菜、苞谷棒子，羊望着咩咩叫，猪望着直哼哼，都不走近，知道那是人的食物，吃一口就要鼻梁上挨条子。也有胆大的牲畜趁人不注意叼一个苞谷棒子，狗马上追咬过去，夺回来原放在粮堆。

一个夜晚，我们被狗叫声惊醒，听见有人狠劲顶推院门，门哐哐直响。父亲提马灯出去，我提一根棍跟在后面。对门喊了几声，没人应。父亲打开院门，举灯过去，看见三天前我们卖给沙沟沿张天家的那只黑母羊站在门外，眼角流着泪。

树会记住许多事

如果我们忘了在这地方生活了多少年，只要锯开一棵树，院墙角上或房后面那几棵都行，数数上面的圈就大致清楚了。

树会记住许多事。

其他东西也记事，却不可靠。譬如路，会丢掉人的脚印，会分叉，把人引向歧途。人本身又会遗忘许多人和事。当人真的遗忘了那些人和事，人能去问谁呢。

问风。

风从不记得那年秋天顺风走远的那个人。也不会在意它刮到天上飘远的一块红头巾，最后落到哪里。风在哪停住哪就会落下一堆东西。我们丢掉找不见的东西，大都让风挪移了位置。有些多少年后被另一场相反的风刮回来，面目全非躺在墙根，像做了一场梦。有些在昏天暗地的大风中飘过村子，越走越远，再也回不到村里。

树从不胡乱走动。几十年、上百年前的那棵榆树，还在老地方站着。我们走了又回来。担心墙会倒塌、房顶被风掀翻卷走、人和牲畜四散迷失，我们把家安在大树底下，房前屋后栽许多树让它快快长大。

树是一场朝天刮的风。刮得慢极了。能看见那些枝叶挨挨挤挤向天上涌，都踏出了路，走出了各种声音。在人的一辈子里，能看见一场风刮到头，停住。像一辆奔跑的马车，甩掉轮子，车体散架，货物坠落一地，最后马扑倒在尘土里，伸脖子喘几口粗气，然后死去。谁也看不见马车夫在哪里。

风刮到头是一场风的空。

树在天地间丢了东西。

哥，你到地下去找，我向天上找。

树的根和干朝相反方向走了，它们分手的地方坐着我们一家人。父亲背靠树干，母亲坐在小板凳上，儿女们蹲在地上或木头上。刚吃过饭。还要喝一碗水。水喝完还要再坐一阵。院门半开着，看见路上过来过去几个人、几头牛。也不知树根在地下找到什么。我们天天往树上看，似乎看见那些忙碌的枝枝叶叶没找见什么。

找到了它就会喊，把走远的树根喊回来。

爹，你到土里去找，我们在地上找。

我们家要是一棵树，先父下葬时我就可以说这句话了。我们也会像一棵树一样，伸出所有的枝枝叶叶去找，伸到空中一把一把抓那些多得没人要的阳光和雨，捉那些闲得打盹的云，还有鸟叫和虫鸣，抓回来再一把一把扔掉。不是我要找的，不是的。

我们找到天空就喊你，父亲。找到一滴水一束阳光就叫你，父亲。我们要找什么。

多少年之后我才知道，我们真正要找的，再也找不回来的，是此时此刻的全部生活。它消失了，又正在被遗忘。

那根躺在墙根的干木头是否已将它昔年的繁枝茂叶全部遗忘。我走了，我会记起一生中更加细微的生活情景，我会找到早年落到地上没看见的一根针，记起早年贪玩没留意的半句话、一个眼神。当我回过头去，我对生存便有了更加细微的热爱与耐心。

如果我忘了些什么，匆忙中疏忽了曾经落在头顶的一滴雨、掠过耳畔的一缕风，院子里那棵老榆树就会提醒我。有一棵大榆树靠在背上（就像父亲那时靠着它一样），天地间还有哪些事情想不清楚呢。

我八岁那年，母亲随手挂在树枝上的一个筐，已经随树长得够不着。我十一岁那年秋天，父亲从地里捡回一捆麦子，放在地上怕鸡叼吃，就顺手夹在树杈上，这个树杈也已将那捆麦子举过房顶，举到了半空中。这期间我们似乎远离了生活，再没顾上拿下那个筐，取下那捆麦子。它一年一年缓缓升向天空的时候我们似乎从没看见。

现在那捆原本金黄的麦子已经发灰，麦穗早被鸟啄空。那个筐里或许盛着半筐干红辣皮、几个苞谷棒子，筐沿满是斑白鸟粪，估计里面早已空空的了。

我们竟然有过这样富裕漫长的年月，让一棵树举着沉甸甸的一捆麦子和半筐干红辣皮，一直举过房顶，举到半空喂鸟吃。

“我们早就富裕得把好东西往天上扔了。”

许多年后的一个早春。午后，树还没长出叶子。我们一家人坐在树下喝苞谷糊糊。白面在一个月前就吃完了。苞谷面也余下不多，下午饭只能喝点糊糊。喝完了碗还端着，要愣愣地坐好一会儿，似乎饭没吃完，还应该再吃点什么，却什么都没有了。一家人像在想着什么，又像啥都不想，脑子空空地呆坐着。

大哥仰着头，说了一句话。

我们全仰起头，这才看见夹在树杈上的一捆麦子和挂在树枝上的那个筐。

如果树也忘了那些事，它早早地变成了一根干木头。

“回来吧，别找了，啥都没有。”

树根在地下喊那些枝和叶子。它们听见了，就往回走。先是叶子，一年一年地往回赶，叶子全走光了，枝杈便枯站在那里，像一截没人走的路。枝杈也站不了多久。人不会让一棵死树长时间站在那里。它早站累了，把它放倒，可它已经躺不平，身躯弯扭得只适合立在空气中。我们怕它滚动，一头垫半截土块，中间也用土块堰住。等过段时间，消闲了再把树根挖出来，和躯干放在一起，如果它们有话要说，日子长着呢。一根木头随便往哪一扔就是几十年光景。这期间我们会看见木头张开许多口子，离近了能听见木头开口的声音。木头开一次口，说一句话。等到全身开满口子，木头就没话可说了。我们过去踢一脚，敲两下，声音空空的。根也好，干也罢，里面都没啥东西了。即便无话可说，也得面对面待着。一个榆木疙瘩，一截歪扭树干，除非修整院子时会动一动。也许还会绕过去。谁会管它呢。在它身下是厚厚的这个秋天、很多个秋天的叶子。在它旁边是我们一家人、牲畜。或许已经是另一户人。

今生今世的证据

我走的时候，还不懂得怜惜曾经拥有的事物，我们随便把一堵院墙推倒，砍掉那些树，拆毁圈棚和炉灶，我们想它没用处了。我们搬去的地方会有许多新东西。一切都会再有的，随着日子一天天好转。

我走的时候还不知道向那些熟悉的东西去告别，不知道回过头说一句：草，你要一年年地长下去啊。土墙，你站稳了，千万不能倒啊。房子，你能撑到哪一年就强撑到哪一年，万一你塌了，可千万把破墙圈留下，把朝南的门洞和窗口留下，把墙角的烟道和锅头留下，把破瓦片留下，最好留下一小块泥皮，即使墙皮全脱落光，也在不经意的、风雨冲刷不到的那个墙角上，留下巴掌大的一小块吧，留下泥皮上的烟垢和灰，留下划痕、朽在墙中的木镢和铁钉，这些都是我今生今世的证据啊。

我走的时候，我还不知道曾经的生活，有一天会需要证明。

有一天会再没有人能够相信过去。我也会对以往的一切产生怀疑。那是我曾有过的生活吗。我真看见过地深处的大风？更黑，更猛，朝着相反的方向，刮动万物的骨骸和根须。我真听见过一只大鸟在夜晚的叫声？整个村子静静的，只有那只鸟在叫。我真的沿那条黑寂的村巷仓皇奔逃？背后是紧追不舍的瘸腿男人，他的那条好腿一下一下地捣着地。我真的有过一棵自己的大榆树？真的有一根拴牛的榆木桩，它的横杈直端端指着我们家院门，找到它我便找到了回家的路。还有，我真沐浴过那样恒久明亮的月光？它一夜一夜地已经照透墙、树木和道路，把银白的月辉渗浸到事物的背面。在那时候，那些东西不转身便正面背面都领受到月光，我不回头就看见了以往。

现在，谁还能说出一棵草、一根木头的全部真实。谁会看见一场一场的风吹旧墙、刮破院门，穿过一个人慢慢松开的骨缝，把所有所有的风声留在他的一生中。

这一切，难道不是一场一场的梦。如果没有那些旧房子和路，没有扬起又落下的尘土，没有与我一同长大仍旧活在村里的人、牲畜，没有还在吹刮着的那一场一场的风，谁会证实以往的生活——即使有它们，一个人内心的生存谁又能见证。

我回到曾经是我的现在已成别人的村庄。只几十年工夫，它变成另一个样子。尽管我早知道它会变成这样——许多年前他们往这些墙上抹泥巴、刷白灰时，我便知道这些白灰和泥皮迟早会脱落得一干二净。他们打那些土墙时我便清楚这些墙最终会回到土里——他们挖墙边的土，一截一截往上打墙，还喊着打夯的号子，让远远近近的人都知道这个地方在打墙盖房子了。墙打好后每堵墙边都留下一个坑，墙打得越高坑便越大越深。他们也不填它，顶多在坑里栽几棵树，那些坑便一直在墙边等着，一年又一年，那时我就知道一个土坑漫长等待的是什么。

但我却不知道这一切面目全非、行将消失时，一只早年间日日以清脆嘹亮的鸣叫唤醒人们的大红公鸡、一条老死窝中的黑狗、每个午后都照在（已经消失的）门框上的那一缕夕阳……是否也与一粒土一样归于沉寂。还有，在它们中间悄无声息度过童年、少年、青年时光的我，他的快乐、孤独、无人感知的惊恐与激动……对于今天的生活，它们是否变得毫无意义。

当家园废失，我知道所有回家的脚步都已踏踏实实地迈上了虚无之途。

给太阳打个招呼

每个人都在找一件事，跟别人不一样的事。似乎没有两个人在干相同的事。土地肥沃雨水充足。人只剩下种和收两件事。随便撒些种子就够生活了。没人操心庄稼长不好，地里草长得旺还是苗长得旺，都不是事情。草和粮一同长到秋天，人吃粮草喂牲口。一个月种，两个月收，九个月闲甩手。

但人不能闲住。除了种地手头上还要有一两件事，这才像个人。要不吃了睡，睡了吃，就跟猪一样了。比如张望，每天一早一晚，站在村头的沙包上，清数上工收工的人。开始人们不知道他每天一早一晚，站在沙梁上在干什么。

“实在没事干，学张望，站在沙梁上，朝远处的路上望望，再朝村子望望，也是件事。”这句话是韩拐子说的。韩拐子自从断了腿，就像一个有功劳的人，啥都不干了。瘸着腿走路，成了他和别人不一样的一件事。就像王五爷靠撒尿在虚土梁留下痕迹。过多少年，韩拐子一个脚印一个拐棍窝的奇特足迹，也会留在虚土中。

人们知道张望每天一早一晚，站在沙梁上清点他们时，村里已经没几个人。好多人学冯七去跑顺风买卖，在一场风中离开村子。另一场风中，有人带着远处的尘土和落叶回来。更多的人永远在远处，穿过一座又一座别人的村子。跑顺风买卖成了虚土庄人人会干的一件事。谁在村里待得没意思了，都会赶一辆马车，顺风远去。丢在村里的话是跑买卖去了。跑赢跑亏，别人也不知道。在外面白住些日子回来，也没人说。反正这是一件事情。不过要做得像个样，出去时装几麻袋东西，回来时装几麻袋东西。不能空车去空车回，让人一看就知道是个闲锤子，跑空趟子呢。

肯定还有人，在村里干我们不知道的事。就像刘扁，挖一个洞钻到地下不出来了。我五岁的早晨，只看见两种东西在离去，一个朝天上，一个朝远处。朝下的路是后来才看见的，村里有人朝地下走了。一些东西也在往地下走，不光是树根，有时翻地，发现几年前扔掉的一截草绳，已经埋到两拃深。而挖菜窖时挖出的一个顶针，不知道谁丢失的，已经走到一丈深的土中。还有我们的说话和喊叫，日复一日的，早已穿过地下的高山和河流。在那些草根和石头下面，日夜响彻着我们无所顾忌的喊叫。

有几年，我认为村里最大的一件事情，就是没人给太阳打招呼。

太阳天天从我们头顶过，一寸一寸移过我们的土墙和树，移过我们的脸和晾晒的麦粒。它落下去的时候，我们应该给它打个招呼。至少村里有一个人在日落时，朝它挥挥手，挤挤眼睛，或者喊一声。就是一个熟人走了，也要打个招呼的，况且这么大的太阳，照了全村人，照了全村的庄稼牛羊，它走的时候，竟没人理识它。

也许村里有一个人，天天在日落时，靠着墙根，或趴在自己家朝西的小窗口，向太阳告别，但我不知道。

我五岁时，太阳天天从我家柴垛后面升起。它落下时，落得要远一些，落到西边的苞谷地。我长高以后看见太阳落得更远，落到苞谷地那边的荒野。

我长大后那块地还长苞谷。好像也长过几年麦子，觉得不对劲儿。七月麦子割了，麦茬地空荡荡，太阳落得更远了，落到荒野尽头不知道什么地方。西风直接吹来，听不见苞谷叶子的响声，西风就进村了。刮东风时麦子和草一块儿在荒野上跑，越跑越远。有一年麦子就跟着风跑了，是六月的热风。人们追到七月，抓到手的只有麦秆和空空的麦壳。我当村长那几年，把村子四周种满苞谷，苞谷秆长到一房高，虚土庄藏在苞谷中间，村子的声音被层层叠叠的苞谷叶阻挡，传不到外面。

苞谷一直长到十一月，棒子掰了，苞谷秆不割，在大雪里站一个冬天。到了开春，叶子被牲畜吃光，秆光光的。

另外几年我主要朝天上望，已经不关心日出日落了。天上一阵一阵往过飘东西，头顶的天空好像是一条路。有一阵它往过飘树叶，整个天空被树叶贴住，有一百个秋天的树叶，层层叠叠，飘过村子，没有一片落下来。另一阵它往过飘灰，好像远处什么地方着火了。后来我从跑买卖的人嘴里，没有听到一点儿远处着火的事，仿佛那些灰来自天上。更多时候它往过飘土，尤其在漫长的西风里，满天空的土朝东飘移。那时我就说，我们不能朝西去了，西边的土肯定被风刮光，剩下无边无际的石头滩。

可是没人听我的话。

王五说，风刮走的全是虚土。风后面还有风，刮过我们头顶的只是一场风，更多的风在远处停住，更多的土在天边落下。

冯七说，西风刮完东风就来了，风是最大的“倒客”，满世界倒买卖，跟着西风东风各跑一趟，就什么都清楚了。

韩三说，西风和东风在打仗，你把白沙扔过去，他把黄土扬过来。谁不服谁。不过，总的来说，西风在得势。

在我看来，西风东风是一场风，就像我们朝东走到奇台再返回来。风到了尽头也回头，回来的是反方向的一场风，它向后转了个身，风尾变风头，我们就不认识了。尤其刺骨的西风刮过去，回来是温暖的东风，我们更认为是两场风了。其实还是同一场风，来回刮过我们头顶。走到最远的人，会看到一场风转身，风在天地间排开的大阵势。在村里我们看不见，一场一场的风，就在虚土庄转身，像人在夜里，翻了个身，面朝西又做了一场梦。风在夜里悄然转身，往东飘的尘土，被一个声音喊住，停下，就地翻个跟头，又脸朝西飘飞了。它回来时飞得更高，曾经过的虚土庄黑黑地躺在荒野。

我还是担心头顶的天空。虽然我知道，天地间来来回回是同一场风。但在风上面，尘土飘不到的地方，有一村庄人的梦。

我扬起脖子看了好几年，把飞过村子的鸟都认熟了。不知那些鸟会不会记住一个仰头望天的人。我一抬眼就能认出，那年飘过村子的一朵云又飘回来了。那些云，只是让天空好看，不会落一滴雨。我们叫“闲云”。有闲云的天空下面，必然有几个闲人。闲人让地上变得好看，他们慢悠悠走路的样子，坐在土块上想事情的姿势，背着手，眼睛空空地朝远望的样子，都让过往的鸟羡慕。

忙人让地上变得乱糟糟，他们安静不下来，忙乱的脚步把地上的尘土踩起来，满天飞扬。那些尘土落在另外的人身上，也落在闲人身上。好在闲人不忙着拍打身上的尘土，闲人若连身上的尘土都去拍打，那就闲不住了。

这片大地上从来只有两件事情，一些人忙着四处奔波，踩起的尘土落在另一些人身上。另些人忙着拍打，尘土又飞扬起来。一粒尘土就足够一村庄人忙活一百年。

那时村里人都喜欢围坐在一棵榆树下闲聊。我不一样，白天我坐在一朵云下胡思，晚上蹲在一颗星星下面乱想。

刘二爷说，我们一天的大部分时间，朝西看。因为我们从东边来的，要去西边。我们晚上睡着时，脸朝东，屁股和后脑勺对着西边。

要是没有黑夜，人就一直朝前走了。黑夜让人停下，星星和月亮把人往回领，每天早晨人醒来，看见自己还在老地方。

真的还在老地方吗，我们的房子，一寸寸地迁向另一年。我们已经迁到哪一年了。从我记事起，到忘掉所有事，我不知道村里谁在记我们的年月。我把时间过乱了。肯定有人没乱，他们沿着日月年，有条不紊地生活，我一直没回到那样的年月。我只是在另一种时间里，看见他们。看见在他们中间，悄无声息的我自己。我不知道那是不是我。我在村庄里的生活，被别人过掉了。我在远处过着谁的生活。那些在尘土上面，更加安静，也更加喧嚣的一村庄人的梦里，我又在做着什么。

狗能看见人做的梦

冬天，雪封住远远近近的道路。粮食堆在仓里，劈好的烧柴码在墙根。只剩下睡觉一件事情。人在睡，牲畜也在睡。家里每个人，都可以睡到瞌睡尽头，谁也不喊谁。先醒的人看见其他人都睡着，一闭眼又睡过去。那时人会知道瞌睡尽头不一定是天亮，有时是另一个夜晚。白天有一半人做梦，白日梦把天上的云搅得不安稳。

听王五爷说，狗能看见人做的梦。狗有时在夜里无缘无故地咬，对着空荡荡的夜空叫，那是它看见了人梦中的东西。狗能帮人看家守院，并不是狗机灵。夜里人的梦把狗搅和得闭不住眼睛。狗有时在人的梦中看见自己变成狼，追咬主人。狗也有梦，只是狗被人的梦搅和得闭不住眼睛，狗更喜欢看人的梦，太有意思了，让狗都看上瘾。狗不愿人的梦中断，它知道看守好家院，人的梦就能做下去。

据说人在半夜梦醒时总能听见狗叫。那是狗在替人着急。

狗看见人的梦像一个半空中的村子，朝远处飘走了，它在哪儿落地生根，狗眼睛望不了那么远。狗看人的梦跑远了，就叫，人迷迷糊糊睁开眼，听见狗叫，以为贼进院子了。人一醒来就把梦忘光，这时候院子里的一把破铁锨比梦中的金子更重要。

也许猪的梦比人更美好，有意思。猪睡得比人香，这一点谁都承认。猪做梦的时候，有人梦见猪肉的香味。每个夜晚，人的梦和猪的梦，还有牛羊马鸡的梦，像烟花一样开放在村庄上空。他们各自封闭，谁也看不见谁。

人们常说梦破了。梦确实是一个泡泡，梦见的世界都在一个泡泡里。夜晚的天空飘着大大小小的泡泡。突然，一个泡泡破了，做梦人回来，梦里的东西迅疾消失到远处。留心梦的人，醒来前一回头，都会看见一个透明的泡泡，圆的，倏忽间破了。

很少有人梦见自己在睡觉，和躺着歇息。梦中不是被人追着跑便是自己在干一件大事情。由此王五爷认为，人是被自己的梦累坏的。狗肯定也同意王五爷的话。狗看见人在梦中跑得比狗快，比起人在梦中跑的路，现实中多远的地方都显得近。

母亲早早起来生炉子了，那是我记住的冬天早晨，父亲出去给牛羊喂草。

父亲早就不在了，早早开门出去的人是谁。在我不能自己醒来的早晨，父亲早早出门走了，不知道他去了哪里，他回来时总是夜晚，在我遥远的梦中，听见他和母亲说话，甚至听见他隆隆的鼾声，醒来时家里依旧没有他的人影。

其实我们不会睡到大中午，如果鸡叫不醒我们，羊会接着叫，牛和猪会接着叫，驴和马也会大叫，它们饿了，等着我们放牧喂草。

在我们睡梦的尽头，牛哞鸡鸣，日上房顶。

每个人都在等一个东西

每年冬天，人们都会聚在大牛圈里，商量什么时候走。因为走是每家每户的事。要全村一起走，不能剩下一户人，连一头牲口也不能剩下。每家都要说说自己啥时能动身。准备好的人也不能先走，得等那些没准备好的人，可能一等几年，谁知道呢。也不能睡着等、闲坐着等，该种地还要种地，该出去跑买卖的还要出去，等到被等的人家准备好了，等待他们的人家又有麻烦了，家里的一个人没有回来，或者女人又怀孕了，随便一件小事又把人留一年。能留人的事多着呢，你听他们说的话，好像都在说要走的事。

“等我们家黑牛娃子长大了就走。”杜才说。

“我们家房后那棵柳树长到能做椽子了就走，已经长到胳膊粗了，再有两年就成材，现在走了可惜了，走到哪儿都要盖房子，带上几根木头不会错的。谁能保证去的地方就一定有树。有树就一定正好能做椽子。”韩三说。

“等我们把房子住坏再走吧，墙还结实着呢，一个口子都没有。即使到了一个新地方，不知道我还能不能盖起这么结实的房子。你们都知道，盖房子要打土墙，打土墙要有劲。而我已经没多少劲了，我的儿子还没长大成人。”邱老二说。

“我不管他们了，这一年庄稼收了，我们就走。”胡木说。

有一年人们似乎准备好了，家家招呼着要走，仓里的粮食装进麻袋。长成椽子的树砍倒。绳子和筐派上用处。俗话说，跑三年，一根棍。守三年，背不动。人们不知道住了几年，或许已经很多年，早不是以前的那一茬人。早些年说着要走的那些人，可能早走掉了。我觉得人们的模样已有所不同。村子已经换了几茬人，我依旧没有长大，看不清他们的脸，我只能从鞋子和裤腿认识那些人。好多脚回到村子，好多鞋子没回来。

人们往车上装东西，往房子外搬东西。绳子不够用了，许多东西要捆起来运走，捆起来的东西好像也没法全运走，把一房子一院子的东西装到一辆车上，简直是件无法想象的事。于是，扔掉什么，带走什么，变得比走不走更重要了。

每家都有矛盾，往往为一个小东西的扔与不扔，妻子和丈夫，丈夫和儿子，儿子和母亲，爷爷和孙子都不能统一意见。

正当人们为此发愁，突然的，做顺风买卖的人从奇台那边带来消息，说有一个人正向虚土庄走来，村里每个人的名字他都问到了。现在他的病大概好了，那个人可能已经闻着这一年的麦香走来了。

因为不知道那个人的名字，长相也没说清，就都认为是自家的亲戚。

我们得等一下这个人。王五爷说。

好不容易准备好了，我们不能因为一个谁也说不清的人，把多少年的计划放弃了。冯七爷说。

我们可以在墙上写字，说明我们去的方向。让他随后跟来。刘五说。

这怎么行呢？王五爷说，那个人走到虚土庄，肯定像我们当时一样，累得没劲儿了。他会停下来过冬，这一冬一过，就说不上了。俗话说，黄金钩子西风腿。意思是说，人的屁股比金子还沉，一坐下再想起来，不容易。尤其春天来了，看到这么多好地没人种，他怎么舍得呢。还有这么多没人住的房子。说不定他就一年年住下去了。拖住我们的东西一样会拖住他。那样他老死也走不出这个村子。也许他会回到老家，再喊一帮子人，到这个村庄来过日子。而我们一直想着有一个人在路上追赶我们，我们在哪儿落脚都会不安心，老是回头望，这样我们又会变成歪脖子。

等待的人没来。第二年夏天，路过虚土庄的买卖人说，那个人确实离开奇台向虚土庄方向来了，他走了大半年，应该早到了。会不会留在别的村庄，不来了。或者走过了头，半夜穿过村子，只要走过去，前面再不会有虚土庄，他就会没有尽头地走下去，像被野户地人报复的韩三一样。

倒是有几封信从甘肃老家寄来，说有好几个人已经动身来投奔我们。让我们一定在虚土庄子等。

那就再等两年，顶多等三年。王五爷说。

等十年也不会等齐他们。冯七爷说。

从甘肃老家到新疆乌鲁木齐，再过老沙湾到虚土庄，几千里路，数不清的岔路口，我们又不能在每个岔路口站一个人等他们。出来十个人，最后有没有一个人走到这里，谁也说不清。许多人会把路走岔，知道自己走错路时，已经没办法回去，也许走着走着人老掉了，没有重走一条路的时间和力气。

即使没走错路的人，也不一定能走这么远。人动身离家时都以为自己有目的，手里拿着一个遥远的地址。那里有亲人等着自己。可是一走到路上就是两回事了。尤其几千里的路，人走着走着发现自己像一个梦游者慢慢醒来，人在路上边走边想，有时会住在一个地方想一阵子再走，这一阵子有多长就没数了，短则几天数月，长则没底了，人只要在中途停下，待几个月，想法就会变，好吃好喝好女人，都能留下人。一个好梦也能留下人，尤其碰见个好女人，怎么舍得离开，天下的好地方都在女人身上。人就会想，剩下的路算球了，不走了。

好多人留下了。人走着走着就忘掉目的，随便在一个村庄住下来，生儿育女。

在那些荒野中的村落里，到处住着这样的人，问他们从哪来的，都知道。问他们到哪儿去，都不知道。好像都住在路上，随时要离开的样子，随便盖几间房子，又矮又破。随便种几块地，不方不圆。从来不修条平顺路让自己走。都在凑合，十年二十年过去，五十年过去，却很少有人搬走。村子越来越破旧。上一代人埋在村外了，下一代人仍不安心，嚷着要走。

谁都没有走掉。最后人们发现村子四周已经住满了人，到处是村庄，村庄之间只剩下窄窄的田地和道路。站在虚土梁，朝南朝北，朝东西望，一间挨一间，无边无际的房子。黄昏时稠密的炊烟就像他们刚来时看到的野树林一样，根本穿不过去。

人物

先　父

一

我比年少时更需要一个父亲，他住在我隔壁，夜里我听他打呼噜，费劲地喘气。看他躬腰推门进来，一脸皱纹，眼皮耷拉，张开剩下两颗牙齿的嘴，对我说一句话。我们在一张餐桌上吃饭，他坐上席，我在他旁边，看着他颤巍巍伸出一只青筋暴露的手，已经抓不住什么，又抖抖地勉力去抓住。听他咳嗽，大口喘气——这就是数年之后的我自己。一个父亲，把全部的老年展示给儿子。一如我把整个童年、青年带回到他眼前。

在一个家里，儿子守着父亲老去，就像父亲看着儿子长大成人。这个过程中儿子慢慢懂得老是怎么回事。父亲在前面蹚路。父亲离开后儿子会知道自己40岁时该做什么，50岁、60岁时要考虑什么。到了七八十岁，该放下什么，去着手操劳什么。

可是，我没有这样一个老父亲。

我活得比你还老时，身心的一部分仍旧是一个孩子。我叫你爹，叫你父亲，你再不答应。我叫你爹的那部分永远地长不大了。

多少年后，我活到你死亡的年龄：37岁。我想，我能过去这一年，就比你都老了。作为一个女儿的父亲，我会活得更老。那时想起年纪轻轻就离去的你，就像怀想一个早夭的儿子。你给我童年，我自己走向青年、中年。

我的女儿只看见过你的坟墓。我清明带着她上坟，让她跪在你的墓前磕头，叫你爷爷。你这个没福气的人，没有活到她张口叫你爷爷的年龄。如果你能够，在那个几乎活不下去的年月，想到多少年后，会有一个孙女伏在耳边轻声叫你爷爷，亲你胡子拉碴的脸，或许你会为此活下去。但你没有。

二

留下五个儿女的父亲，在五条回家的路上。一到夜晚，村庄的五个方向有你的脚步声。狗都不认识你了。五个儿女分别出去开门，看见不同的月色星空。他们早已忘记模样的父亲，一脸漆黑，站在夜色中。

多年来儿女们记住的，是五个不同的父亲。或许根本没有一个父亲。所有对你的记忆都是空的。我们好像从来就没有过你。只是觉得跟别人一样应该有一个父亲，尽管是一个死去的父亲。每年清明我们上坟去看你，给你烧纸、烧烟和酒。边烧边在坟头吃喝说笑。喝剩下的酒埋在你的头顶。临走了再跪在墓碑前叫一声父亲。

我们真的有过一个父亲吗？

当我们谈起你时，几乎没有一点共同的记忆。我不知道五岁便失去你的弟弟记住的那个父亲是谁。当时还在母亲怀中哇哇大哭的妹妹记住的，又是怎样一个父亲。母亲记忆中的那个丈夫跟我们又有什么关系。你死的那年，我八岁，大哥十一岁。最小的妹妹才八个月。我的记忆中没有一点你的影子。我对你的所有记忆是我构想的。我自己创造了一个父亲，通过母亲、认识你的那些人。也通过我自己。

如果生命是一滴水，那我一定流经了上游，经过我的所有祖先，爷爷奶奶、父亲母亲，就像我迷茫中经过的无数个黑夜。我浑然不觉的黑夜。我睁开眼睛。只是我不知道我来到世上那几年里，我看见了什么。我的童年被我丢掉了，包括那个我叫父亲的人。

我真的早已忘了，这个把我带到世上的人。我记不起他的样子，忘了他怎样在我记忆模糊的幼年，教我说话，逗我玩，让我骑在他的脖子上，在院子里走。我忘了他的个头，想不起家里仅存的一张照片上，那个面容清瘦的男人曾经跟我有过什么关系。他把我拉扯到八岁，他走了。可我八岁之前的记忆全是黑夜，我看不清他。

我需要一个父亲，在我成年之后，把我最初的那段人生讲给我。就像你需要一个儿子，当你死后，我还在世间传播你的种子。你把我的童年全带走了，连一点影子都没留下。

我只知道有过一个父亲。在我前头，隐约走过这样一个人。

我的有一脚踩在他的脚印上，隔着厚厚的尘土。我的有一声追上他的声。我吸的有一口气，是他呼出的。

你死后，我所有的童年之梦全破灭了。只剩下生存。

三

我没见过爷爷，他在父亲很小时便去世了。我的奶奶活到七十八岁。那是我看见的唯一一个亲人的老年。父亲死后她又活了三年，或许是四年。她把全部的老年光景示意给了母亲。我们的奶奶，那个老年丧子的奶奶，我已经想不起她的模样，记忆中只有一个灰灰的老人，灰白头发，灰旧衣服，弓着背，小脚，拄拐，活在一群未成年的孙儿中。她给我们做饭，洗碗。晚上睡在最里边的炕角。我仿佛记得她在深夜里的咳嗽和喘息，记得她摸索着下炕，开门出去。过一会儿，又进来，摸索着上炕。全是黑黑的感觉。有一个早晨，她再没有醒来，母亲做好早饭喊她，我们也大声喊她。她就睡在那个炕角，弓着身，背对我们，像一个熟睡的孩子。

母亲肯定知道奶奶的更多细节，她没有讲给我们听。我也很少问过。仿佛我们对自己的童年更感兴趣。童年是我们自己的陌生人。我们并不想看清陪伴童年的那个老人。我们连自己都无法弄清。印象中奶奶只是一个遥远的亲人，一个称谓。她死的时候，我们的童年还没有结束。她什么都没有看见，除了自己独生儿子的死，她在那样的年月里，看不见我们前途的一丝光亮。我们的未来向她关闭了。她对我们的所有记忆是愁苦。她走的时候，一定从童年领走了我们，在遥远的天国，她抚养着永远长不大的一群孙儿孙女。

四

在我八岁，你离世的第二年，我看见十二岁时的光景：个头稍高一些，胳膊长到锨把粗，能抱动两块土块，背一大捆柴从野地回来，走更远的路去大队买东西——那是我大哥当时的岁数。我和他隔了四年，看见自己在慢慢朝一捆背不动的柴走近，我的身体正一碗饭、一碗水地长到能背起一捆柴、一袋粮食。

然后我到了十六岁，外出上学。十九岁到安吉小镇工作。那时大哥已下地劳动，我有了跟他不一样的生活，我再不用回去种地。

可是，到了四十岁，我对年岁突然没有了感觉。路被尘土蒙蔽。我不知道四十岁以后的下一年我是多大。我的父亲没有把那时的人生活给我看。他藏起我的老年，让我时刻回到童年。在那里，他的儿女永远都记得他收工回来的那些黄昏，晚饭的香味飘在院子。我们记住的饭菜全是那时的味道。我一生都在找寻那个傍晚那顿饭的味道。已经忘了是什么饭，一家人围坐在桌旁，筷子摆齐，等父亲的脚步声踩进院子，等他带回一身尘土，在院门外拍打。

有这样一些日子，父亲就永远是父亲了，没有谁能替代他。我们做他的儿女，他再不回来我们还是他的儿女。一次次，我们回到有他的年月，回到他收工回来的那些傍晚，看见他一身尘土，头上落着草叶。他把铁锨立在墙根，一脸疲惫。母亲端来水让他洗脸，他坐在土墙的阴影里，一动不动，好像叹着气，我们全在一旁看着他。多少年后，他早不在人世，我们还在那里一动不动看着他。我们叫他父亲，声音传不过去。盛好饭，碗递不过去。

五

你死去后我的一部分也在死去。你离开的那个早晨我也永远地离开了，留在世上的那个我究竟是谁。

父亲，只有你能认出你的儿子。他从小流落人世，不知家，不知冷暖饥饱。只有你记得我身上的胎记，记得我初来人世的模样和眼神，记得我第一眼看你时，紧张陌生的表情和勉强的一丝微笑。

我一直等你来认出我。我像一个父亲看儿子一样，一直看着我从八岁，长到四十岁。这应该是你做的事情。你闭上眼睛不管我了。我是否已经不像你的儿子。我自己拉扯大自己。这个四十岁的我到底是谁。除了你，是否还有一双父亲的眼睛，在看着我。

我在世间待得太久了。谁拍打过我头上的土。谁会像擦拭尘埃一样，拭去我的年龄、皱纹，认出最初的模样。当我淹没在熙攘人群中，谁会在身后喊一声：呔，儿子。我回过头，看见我童年时的父亲，我满含热泪，一步步向他走去，从四十岁，走到八岁。我一直想把那个八岁的我从童年领出来。如果我能回去，我会像一个好父亲，拉着那个八岁孩子的手，一直走到现在。那样我会认识我，知道自己走过了怎样一条路。

现在，我站在四十岁的黄土梁上，望不见自己的老年，也看不清远去的童年。

我一直等你来认出我，告诉我辈分，一一指给我母亲兄弟。他们一样急切地等着我回去认出他们。当我叫出大哥时，那个太不像我的长兄一脸欢喜，他被辨认出来。当我喊出母亲时，我一下喊出我自己，一个四十岁的儿子，回到家里，最小的妹妹都三十岁了。我们有了一个后父。家里已经没你的位置。

你在世间只留下名字，我为怀念你的名字把整个人生留在世上。我的身体承受你留下的重负，从小到大，你不去背的一捆柴我去背回来，你不再干的活我一件件干完。他们说我是你儿子，可是你是谁，是我怎样的一个父亲。我跟你走掉的那部分一遍遍地喊着父亲。我留下的身体扛起你的铁锨。你没挖到头的一截水渠我得接着挖完，你垒剩的半堵墙我们还得垒下去。

六

如果你在身旁，我可能会活成另外一个人。你放弃了教养我的职责。没有你我不知道该听谁的。谁有资格教育我做人做事。我以谁为榜样一岁岁成长。我像一棵荒野中的树，听由了风、阳光、雨水和自己的性情。谁告诉过我哪个枝丫长歪了。谁曾经修剪过我。如果你在，我肯定不会是现在的样子。尽管我从小就反抗你，听母亲说，我自小就不听你的话，你说东，我朝西。你指南，我故意向北。但我最终仍长得跟你一模一样。没有什么能改变你的旨意。我是你儿子，你孕育我的那一刻我便再无法改变。但我一直都想改变，我想活得跟你不一样。我活得跟你不一样时，内心的图景也许早已跟你一模一样。

早年认识你的人，见了我都说：你跟你父亲那时候一模一样。

我终究跟你一样了。你不在我也没活成别人的儿子。

可是，你那时坚持的也许我早已放弃，你舍身而守的，我或许已不了了之。没有你我会相信谁呢。你在时我连你的话都不信。现在我想听你的，你却一句不说。我多想让你吩咐我干一件事，就像早年，你收工回来，叫我把你背来的一捆柴码在墙根。那时我那么的不情愿，码一半，剩下一半。你看见了，大声呵斥我。我再动一动，码上另一半，仍扔下一两根，让你看着不舒服。

可是现在，谁会安排我去干一件事呢。我终日闲闲。半生来我听过谁的半句话。我把谁放在眼里，心存佩服。

父亲，我现在多么想你在身边，喊我的名字，说一句话，让我去门外的小店买一盒火柴，让我快一点。我干不好时你瞪我一眼，甚至骂我一顿。

如今我多么想做你让我做的一件事情，哪怕让我倒杯水。只要你吭一声，递个眼神，我会多么快乐地去做。

父亲，我如今多想听你说一些道理，哪怕是老掉牙的，我会毕恭毕敬倾听，频频点头。你不会给我更新的东西。我需要那些新东西吗。

父亲，我渴求的仅仅是你说过千遍的老话。我需要的仅仅是能够坐在你身旁，听你呼吸，看你抽烟的样子，吸一口，深咽下去，再缓缓吐出。我现在都想不起你是否抽烟，我想你时完全记不起你的样子。不知道你长着怎样一双眼睛，蓄着多长的头发和胡须，你的个子多高，坐着和走路是怎样的架势。还有你的声音，我听了八年，都没记住。我在生活中失去你，又在记忆中把你丢掉。

七

你短暂落脚的地方，无一不成为我长久的生活地。有一年你偶然途经，吃过一顿便饭的沙湾县城，我住了二十年。你和母亲进疆后度过第一个冬天的乌鲁木齐，我又生活了十年。没有谁知道你的名字，在这些地方，当我说出我是你的儿子，没有谁知道。四十年前，在这里拉过一冬天石头的你，像一粒尘土埋在尘土中。

只有在故乡金塔，你的名字还牢牢被人记住。我的堂叔及亲戚们，一提到你至今满口惋惜。他们说你可惜了。一家人打柴放牛供你上学。年纪轻轻做到县中学校长、团委书记。

要是不去新疆，不早早死掉，也该做到县长了。

他们谈到你的活泼性格，能弹会唱，一手好毛笔字。在一个叔叔家，我看到你早年写在两片白布上的家谱，端正有力的小楷。墨迹浓黑，仿佛你刚刚写好离去。

他们听说我是你儿子时，那种眼神，似乎在看多少年前的你。在那里我是你儿子。在我生活的地方你是我父亲。他们因为我而知道你，但你不在人世。我指给别人的是我的后父，他拉扯我们长大成人。他是多么的陌生，永远像一个外人。平常我们一起干活，吃饭，张口闭口叫他父亲。每当清明，我们便会想起另一个父亲，我们准备烧纸、祭食去上坟，他一个人留在家，无所事事。不知道他死后，我们会不会一样惦念他。他的祖坟在另一个村子，相距几十公里，我们不可能把他跟先父埋在一起，他有自己的坟地。到那时，我们会有两处坟地要扫，两个父亲要念记。

八

埋你的时候，我的一个远亲姨父掌事。他给你选了玛纳斯河边的一块高地，把你埋在龙头，前面留出奶奶的位置。他对我们说，后面这块空地是留给你们的。我那时多小，一点不知道死亡的事，不知道自己以后也会死，这块地留给我们干什么。

我的姨父料理丧事时，让我们、让他的儿子们站在一旁，将来他死了，我们会知道怎样埋他。这是做儿子的必须要学会的一件事，就像父母懂得怎样生养你，你要学会怎样为父母送终。在儿子成年后，父母的后事便成了时时要面对的一件事，父母在准备，儿女们也在准备，用很多年、很多个早晨和黄昏，相互厮守，等待一个迟早会来到的时辰，它来了，我们会痛苦，伤心流泪，等待的日子全是幸福。

父亲，你没有让我真正当一次儿子，为你穿寿衣，修容，清洗身体，然后，像抱一个婴儿一样，把你放进被褥一新的寿房。我那时八岁，看见他们把你装进棺材。我甚至不知道死亡是怎么回事。在我的记忆中埋你的墓坑是一个长方的地洞，他们把你放进去，棺材头上摆一碗米饭，插上筷子，我们趴在坑边，跟着母亲大声哭喊，看人们一锨锨把土填进去。我一直认为你从另一个出口走了。他们堵死这边，让你走得更远。多少年来我一直想你会回来，有一天突然推开家门，看见你稍稍长大几岁的儿女，衣衫破旧，看见你清瘦憔悴的妻子，拉扯五个儿女艰难度日。看见只剩下一张遗像的老母亲。你走的时候，会想到我们将活成怎样。我成年以后，还常常想着，有一天我会在一条异乡的路上遇见你，那时你已认不出我，但我一定会认出你，领你回家。一个丢掉又找回来的老父亲，我们需要他的时候他离去了。等我长大，过上富裕日子，他从远方流浪回来，老得走不动路。他给我一个赡养父亲的机会。也给我一个料理死亡的机会。这是父亲应该给儿子的，你没有给我。你早早把死亡给了别人。

九

我将在黑暗中孤独地走下去，没有你引路。四十岁以后的寂寞人生，衰老已经开始，我不知道自己在年老腰疼时，怎样在深夜独自忍受，又在白天若无其事，一样干活说话。在老得没牙时，喝不喜欢的稀粥，把一块肉含在口中，慢慢地嚼。我的身体迟早会老到这一天。到那时，我会怎样面对自己的衰老。父亲，你是我的骨肉亲人，你的每一丝疼痛我都能感知。衰老是一个缓慢到来的过程，也许我会像接受自己长个子、生胡须一样，接受脱发、骨质增生，以及衰老带来的各种病痛。

但是，你忍受过的病痛我一定能坦然忍受。我小时候，有大哥，有母亲和奶奶，引领我长大。也有我单独寂寞的成长。我更需要你教会我怎样衰老和死亡。

如果你在身旁，我会早早知道，自己的腿在多大年龄变老，走不动路。眼睛在哪一年秋天花去。这一年到来时，我会有时间给自己准备老花镜和拐杖。我会在眼睛彻底失明前，记住回家的路，和那些常用物件的位置。我会知道你在多大年龄开始为自己准备后事，吩咐你的大儿子，准备一口好棺材，白松木的，两条木凳支起，放在草棚下。着手还外欠的债。把你一生交往的好朋友介绍给儿子，你死后无论我走到哪，遇到什么难事，认识你的人会说，这是你的后人。他们中的某个人，会伸手帮我一把。

可是，没有一个叫父亲的人，白发飘飘，把我向老年引。我不知道老是什么样子。我的腿不把酸痛告诉我。我的腰不把弯曲告诉我。我的皮肤不把皱纹告诉我。我老了我不知道。就像我年少时，不知道自己是一个孩子。我去沙漠砍柴、打土块、背猪草。干大人的活。没人告诉我是个孩子。父亲离开的那一年我们全长大了，从最小的妹妹，到我。你剩给我们的全是大人的日子。我的童年不见了。

直到有一天，我背一大捆柴回家，累了在一户人家墙根歇息，那家的女人问我多大了，我说十三岁。她说，你还是个孩子，就干这么重的活。我羞愧地低下头，看见自己细细的腿和胳膊，露着肋骨的前胸和独自长大的一双脚。你都死去多少年了，我以为自己早长大了，可还小小的，个子不高，没有多少劲。背不动半麻袋粮食。

如果寿命跟遗传有关，在你死亡的年龄，我会做好该做的事。如果我活过了你的寿数，我就再无遗憾。我的儿女们，会有一个长寿的父亲。他们会比我活得更长久。有一个老父亲在前面引领，他们会活得自在从容。

现在，我在你没活过的年龄，给你说出这些。我说的时候，我能感觉到你在听。我也在听，父亲。

写于2002年底

改于2003年底

后　父

我们家住的地方有一条金沟河，民国时“日产斗金”。现在已少有人淘金了，上游河岸千疮百孔，到处是淘金人留下的无底金洞。金子淘完了，河又变成河。我们住在下游，用淘洗过金子的河水浇地，也能在河边的淤沙中看见闪闪发亮的金屑。这一带的老户人家，对金子从不稀罕，谁家没有过成疙瘩的黄金？我们家就有过一褡裢金子，那是多少我都不敢说出来。听我后父讲，他父亲在那时，也去上游的山里淘金。是在麦收后，地里没啥活了，赶上马车，一人拿一把小鬃毛刷子，在河边的石头缝里扫金子。全是颗粒金，几十天就弄半袋子。

我们家那一褡裢金子，后来不知去向。后父只是说整光了。咋整光的？就不说了。有几年他说自己藏的有金子呢，有几年又说没有了。我们就在他的金子谎话里，过了一年又一年。到现在，家里再没有人会相信他藏的有金子。

但我们家确实有过一褡裢金子。我后父也确实是一个有过金子的人，他说起金子来，一脸的自足和不在乎。

我们家邻居也有过一褡裢金子。那家的王老爷子，却从来不提金子的事。我后父说，他们家的金子，在新中国成立前三区革命逃战乱时，过玛纳斯河，家里的马不够用，把一褡裢金子交给本村的一个骑马人。过河后就失散了。

多少年后，王老爷子竟然找到了那个人，他就住在河对面的玛纳斯县，那个人也承认帮助驮过一褡裢金子，但过河后为了逃命，就把金子扔了。

“命要紧，哪能顾上金子。”那个人说。

王老爷子开始不信，后来偷偷打探了几年，这家人穷得钩子上揽毡，根本不像有金子的人家。后来就不追要了。王老爷子也再不提金子的事了。

那我们家的金子呢？后父闭口不说。早先我们住在他的旧房子，他有时给我母亲说金子的事。我们隐约觉得他藏的有金子。他是这里的老户，老新疆人，家底子厚。啥叫家底子，就是墙根子底下埋的有金子。听说村里的老户人家，都藏的有金子，却从来不说自己有。成疙瘩的金子埋在破房子底下，自己过穷日子，装得跟没钱人似的。我母亲也半信半疑地觉得我后父有金子。他不拿出来，可能是留了一手。

我们家搬出太平渠村那天，有用的东西都装上拖拉机，几只羊也装上了拖拉机，我母亲想，这下后父该把金子挖出来了吧。我们要搬到元兴宫去生活，后父的旧院子也便宜卖给了村里的光棍冯四，他不会把金子留给别人吧。可是，后父只是磨磨蹭蹭在他的旧院子转了几圈，捡了几根烂木棒扔到车上。然后，自己也上到车上。

这地方的有钱人，有过好多金子的人家，突然全变成了穷人。留下的全是有关金子的故事，不知道金子去了哪里。

20世纪七八十年代，经常有人到我们这地方来挖金子。有一年，大地主张寿山的孙子带一帮人，在他们家的老庄子上挖了三个月，留下一个大坑。另一年，中地主方家的后人又在自家的老房子下挖了一个大坑。最大的一个坑是小地主唐人田家羊倌的后人挖的。羊倌曾看见唐家的人把一个坛子埋在羊圈下面。坛子由两个人抬，里面肯定是贵重东西。羊倌夜里睡在羊圈棚顶，看得清清楚楚。敌人打来时，唐家人仓皇逃跑，没顾上把东西挖出来。后来也再没有唐家人音信，可能没逃掉，全被杀死了。

那个坑是三台推土机挖的，挖了两年。头一年挖到冬天停工了。第二年开春又挖了一个月。金子真是贵重，一点点东西，就要人挖这么大的坑。听人说，金子在地下会走动。但人又不知道金子会朝哪个方向走动，一年走几步。几十年来可能早已离开老地方，走得很远。也可能会朝下走，越走越深。或朝上走，走到地面，早被人拾走。所以，人在埋金子的羊圈棚下挖不到金子，便会把坑往大往深挖。这个坑一旦开挖了，便不会轻易罢休。因为挖坑要花钱雇人雇车，还要向当地的土地爷交土管费。假如花一万块钱还没找到金子，他就会再投五千块。这跟赌博押宝一样，总不甘心，金子会在下一锨土里，下一铲就会推出那个装金子的坛子。结果坑越挖越大，直挖到河边，挖到别人家墙根。往往是坑挖得越大，越证明没挖到东西。

在我们村边，那个挖得最深最大的坑，已经被当成水库。我们叫金坑水库。另几个小一点的坑被村民放水养鱼，有叫金鱼塘的，叫金塘子的。这些土坑纷纷被村民承包，合同一定六十年。那些人都鬼得很，借养鱼的钱把坑又往大往深挖，说是整理鱼塘，其实想侥幸找到金子。找不到也不要紧，养着鱼，占着坑。反正有一坛金子在里面呢。这里的老户人，都相信金子没有走远。好多走远的人又回来，守着早已破败的老房底子。从没听说谁挖到或拾到过金子。但埋金子的地方会被人牢牢记住。多少年后谁做梦听到黄金的动静，这地方又会无端地被挖一个大坑。

我后父的旧院子，以后会不会被我们挖成一个大坑呢。

有时候我想，后父可能真的藏有金子呢，他经常回太平渠村去看他的老房子，早年家里有马车时赶着马车去，后来我们家搬到县城，马车卖了，他就坐班车去。说是去要账。那院老房子作价四百五十块钱卖给冯四，只给了二百块，剩下的钱一直要不回来。冯四没钱。一年四季都没钱。他是五保户，不种地，村里救济一点口粮。冯四不可能把口粮卖掉还我们家的钱。后父知道这些，但依旧每年去要。去了跟冯四一起住在老房子里。我们就想，他可能打着要钱的幌子，去看他埋的金子。这么多年，他来来去去地到太平渠，可能已经把金子挖出来，挖出来会藏哪儿呢？可能已经埋到我们现在的房子底下。

也许他没挖出来，那些金子依旧在太平渠的老房子底下。也许后父把它埋进去时就没想过要挖出来，他是留给自己的。留到最后，不知道会以什么样的方式给我们。也许他隐约说那一褡裢金子的时候，就已经把它给了我们。后父现在有八十岁了，因为年龄大了，这几年去太平渠少了，金子的事也说得少了。但经常说村里的老房子，说冯四的钱还没给，说要把老房子收回来。后父这样看重他的老房子，总让我们觉得那个老房子底下真的埋了金子。

将来有一天，我们会不会真的相信了那一褡裢金子的事，兄弟几个，雇一台推土机，轰轰隆隆地进到我们的老院子？

改于2010年10月

冯 四

很多年，我注意着冯四这个人。

我没有多少要干的事。除了比较细微地观察牲口，我也留意活在身边的一些人，听他们说话、吵架，谈论收成和女人，偶尔不冷不热地插上两句。从这些不同年龄的人身上，我能清楚地看到我活到这些年龄时会有多大意思。一个人一出世，他的全部未来便明明白白摆在村里。当你十五岁或二十岁的时候，那些三十岁、五十岁、七十岁的人便展示了你的全部未来。而当你八十岁时，那些四十岁、二十岁、十岁的人们又演绎着你的全部过去。你不可能活出另一种样子——比他们更好或更差劲。活得再潦倒也不过如冯四，家徒四壁，光棍一世，做了一辈子庄稼人没给自己留下种子。再显贵也不过如马村长，深宅大院、牛羊马成群，走在村里昂首挺胸，老远就有人奔过去和他打招呼。我十四岁时羡慕过住在村头的马贵，每天早晨，我看着他乐颠颠地伴着新娘下地干活，晚上一块儿回到家里吃饭睡觉。那段时间，我整夜想着马贵和他的新娘在炕上的一系列情景。我想，能活到马贵这分上，夜夜搂着女人睡觉真是美死了。不到三十岁我便有了一个比马贵的新娘要娇艳十倍千倍的新娘子。从那以后我就谁都不羡慕了。我觉得在这个村里，活得跟谁一样都是不坏的一生。一个人投生到黄沙梁，生活几十年，最后死掉。这是多么简单纯粹的一生。难道还会有比这更适合的活法。

有一天我活得不像这个村里人时，我肯定已变成另一种动物。多少年我对村人的仔细观察是学习也是用心思索。我生怕一生中活漏掉几大段岁月，比如有一个好年成他们赶上了，而我因一件鸡毛蒜皮的小事出了远门，或者在我的生活中忽视了像挖鼻孔、翻眼睛撇嘴这样有意思的小动作。这样我的一生就不完整了，丢三落四。许多干了大事业的人临终前都遗憾地发现他们竟没干过或没干成一两样平常小事。这使他们只配享用“伟大”这样空洞乏味的赞美词，而无缘接近平凡了。接近平凡更需要漫长一生的不懈努力。像我，更多时候，也只能隔着一条路，一块长满荒草的地或几头牛这样的距离与村人相处。我想看清全部，又绝不能让村里人觉出我在偷窥他们的一辈子。

一个人的一辈子完了就完了。作为邻居、亲人和同乡，我们会在心中留下几个难忘的黑白镜头，偶尔放映给自己和别人。一个人一死，他真真实实的一生便成为故事。

而一村庄人的一生结束后，一个完整的时代便过去了。除了村外新添的那片坟墓，年复一年提示着一段历史。几头老牲口，带着先人使唤时养就的毛病，遭后人鞭骂时依稀浮想昔年盛景。在活着的人眼中，一个村庄的一百年，也就是草木枯荣一百次、地耕翻一百次、庄稼收获一百次这样简单。

其实人的一生也像一株庄稼，熟透了也就死了。一代又一代人熟透在时间里，浩浩荡荡，无边无际。谁是最后的收获者呢？谁目睹了生命的大荒芜——这个孤独的收获者，在时间深处的无边金黄中，农夫一样，挥舞着镰刀。

这个农夫肯定不是我。我只是黄沙梁村的一个人，我甚至不能把冯四和身边这一村人的一生从头看到尾，我也仅有一辈子，冯四的戏唱完时，我的一生也快完蛋了，谁也带不走谁的秘密。冯四和我迟早都是这片旷野上的一把尘土。生时在村里走走跑跑叫叫，死了被人抬出去，埋在沙梁上。多少年后又变成尘土被风刮进村里，落在房顶、树梢、草垛上，也落在谁的饭锅饭碗里，成为佐料和食物。

由此看来，我对冯四长达一生的观察可能毫无意义。

这天早晨，冯四扛一把锨出去翻地，他想好了去翻一块地，种些玉米什么的。这样到了秋天他就有事可干，别人成车往家里收粮食时，他也会赶一辆车出去，好赖拉回些东西。多少个秋天他只是个旁观者，手捂在袖筒里，看别人丰收，远远地闻点谷香。

没人知道冯四这些年靠什么维持生活，他家的烟囱从没冒过一缕烟，也从没见他为油盐酱醋这档子事忙碌。他的那几亩地总是荒荒地夹在其他人家郁郁葱葱的麦田中间，就像他穷困的一辈子夹在村人们富富裕裕的一辈子中间——长长的一溜儿。有时邻家的男人撒种，不小心撒几粒落在他的田里，也跟着长熟了。只是冯四不种地也从不知道他的地里每年都稀稀地长着几株野庄稼。经常出门在外的冯四，似乎从来也没走出黄沙梁，按说像他这样无儿无女、无牵无挂的人，应该四处漂泊了，可他硬是死守着黄沙梁不放，他在依恋什么呢。记得冯四唯一关心的一件事是——每隔一两年，就去找村长问问户口册上有没有他的名字。他好像很在乎自己是不是黄沙梁人。只要看见自己的名字还笔画完好地趴在那个破户籍本上，他就活得放心了。也有过一段日子冯四忽然不见了，像蛇一样冬眠了，没人清楚他死了还是活到别处去了。好像冯四有意跟村里人玩“捉迷藏”游戏，他藏好一个地方，期待人们去找他，先是藏得很深很隐秘，怕人们找不到又故意露点马脚。可是谁有空理他呢。这是一村庄大人，人人忙着自己的事。冯四藏得没趣，有一天便忽然从一堵墙后面钻出来，悻悻地穿过村中间那条马路。其实，我想冯四压根不会跟谁玩游戏，他是个认真的人，尽管从没认真地做过什么事。

冯四一回到他那间又破又低矮的土屋，我便只能望着屋顶上那尊又粗又高的烟囱发愣：它多像一门大炮啊，一年又一年地瞄准着天空深处某个巨大的目标，静静地瞄着，一炮不发。这使冯四的夜生活显得异常神秘难测，他没有女人，他跟自己睡觉也能一夜一夜地睡到天亮。有几个晚上我溜到窗根也没听到什么，屋子里一片死寂，不知冯四正面朝一生中的哪几件事昏昏而睡或黑黑地醒着。

在我偷窥冯四时，肯定有很多双眼睛已暗暗观察了我很多年。每一个来到村里的人，都理所当然会受到怀疑，无论新出生的还是半道来的，弄清楚你是个什么东西人们才会放心地和你生活在一个村里，这是很正常的事。况且，一个人要使自己活得真实就难免不把别人的一生当一场戏。

出门不久，冯四遇到了张五，张五的上半辈子是在别处度过的，在冯四眼中他只有下半辈子。和这种人交往，冯四总觉得不踏实。在张五戈壁滩一样茫茫的一辈子里，他只看见稀疏的三五棵树。“看不见的岁月是可怕的。”冯四总担心会不小心陷进别人的一生里，再浮不出来。

张五正牵着五头驴，要卖到别处去。

“让驴换个地方生活，长长见识。”张五认真地说。

“驴吃惯了黄沙梁的草，到别处怕过不惯呢。”冯四说。

“没事。驴到哪都是拉车，往哪拉都一样用力。”

“不一样的。有些地方路平，有些地方路难走，驴要花好几年才能适应。”

说话时，冯四注意到一头黑母驴的水门亮汪汪的，凭经验他一眼断定这是头正在发情期的年轻母驴，再看另四头，也都年纪轻轻，毛色油亮而美丽，不用往裆里乜也清楚都是母驴。一下子卖掉五头母驴，对黄沙梁村将是多大的损失。五头驴所干的活将从此分摊到一村人身上，也可能独独落到某几个人头上。他们将接过驴做剩的事儿，辛辛苦苦，没日没夜忙碌下去——像驴一样。尤其一下子卖掉五头母驴，在缺女人一样本来就缺少母驴的黄沙梁，这种损失更难预计。作为男人，冯四首先为黄沙梁的公驴们想到以后的日子。没当过光棍的人不会想到这些事。冯四不知道驴为了什么理想和目标在活一辈子。凭他多年的观察，一头公驴若在发情期不爬几次母驴发泄发泄，整个一年都会精神不振，好像生活一下子变得没意思，再好的草料咀嚼着也无味了，脾气变得很坏，故意把车拉到沟里弄翻，天黑也不进圈，有时还气昂昂地举着它那警棍一般粗黑的家伙吓唬女人。似乎它没日上母驴全都怪人。看来交配对人和牲口都是件顶顶重要的大事。而冯四光棍一辈子没娶上女人这又怪谁呢。怪驴。怪娶走女人的男人。我猜想有几个季节冯四真的羡慕过驴呢，甚至渴望自己立马变成一头公驴，把积攒多年的激情挨个地发泄给村里的母驴。我们筋疲力尽或年迈无力时希望自己是一头牛或者驴，轻轻松松干完眼前的大堆活计。有些年月我们也只有变成牲口，才能勉强过下去那不是人过的日子。这便是村人们简单而又复杂的一辈子。由此可以推想，冯四替驴操心时也更多地为自己着想，现在他决意要留住这五头母驴。黄沙梁若没有了母驴，做个公驴还有多大乐趣。他想。

“张五，我知道有个地方要母驴，那个村子里全是公驴，一头母驴也没有。一到晚上，公驴整夜地叫唤，已经好几年了，害得村里人睡不好觉。起先大家都以为鬼在作怪，最近一个细心人（也是光棍）才发现了根本缘由——没有母驴，公驴急得慌。这阵子村里人到处打问着买母驴，我有个熟人，就在这村里，前天他还托我给找几头母驴，这不，碰到了你，这几头母驴赶过去，肯定卖大价呢。”

“真有这好事，在哪个村子？”

“别问那么多，跟我走就是了。”

他们的身影绕过三间房子，朝西边的沙梁上走去，一会就看不见了。

很多年来我怀着十分矛盾的心理生活在黄沙梁，我不是十足的农夫，种地对我来说肯定不是一辈子的事，或者三年五载，或者十年二十年，迟早我会扔掉这把锄子。但我又必须守着这一村人种完一辈子的地。我要看最后的收成——一村庄人一生的盈利和亏损。我投生到僻远荒凉的黄沙梁，来得如此匆忙，就是为了从头到尾看完一村人漫长一生的寂寞演出。我是唯一的旁观者，我坐在更荒远处。和那些偶尔路过村庄，看到几个生活场景便激动不已、大肆抒怀的人相比，我看到的是一大段岁月。我的眼睛和那些朝路的窗户、破墙洞、老树窟一起，一动不动，注视着一百年后还会发生的永恒事情：夕阳下收工的人群、敲门声、尘土中归来的马匹和牛羊……无论人和事物，都很难逃脱这种注视。在注视中新的东西在不断地长大、觉悟，过不了几年，某堵墙某棵树上又会睁开一只看人世的眼睛。

天快黑时，冯四、张五和五头驴蹄印跟脚印进了村子。走出去这么多，还回来这么多，对黄沙梁来说，这一天没有什么损失。冯四编了个故事，整个一天张五和五头驴都在他的故事中，他们朝一个不存在的村庄，或者一个真实的但不需要母驴的村庄走。路是踏实的，阳光实实在在照在人脸和驴背上，几座难翻的沙梁和几个难过的泥沟确实耗费了人的精力，并留下难忘的记忆。但此行的目的是虚无的，或者根本没有目的。当冯四意识到张五和五头驴的一天将因此虚度，自己的一天也猛然显得不真实。他同样搭上了整个一天的工夫。他编了一个故事，自己却不能置身于故事之外，就像有收成无收成的人一同进入秋季，忙人和闲人在村里过着一样长短的日子。时间一过，可能一切都变得毫无意义。

冯四的一天就这么过去了。天黑之后，冯四把扛了一天的锨原放回屋角。在这个小小农舍里，光线黑暗，不管冯四在与不在，地上的木桌永远踱着方步朝某个方向走着，挂在墙上的镰刀永远在收割着一个秋天的麦子，倒挂在屋顶的锄头永远锄着一块禾田里的杂草，斜立屋角的铁锨永远挖着一个黑暗深邃的大坑……这是看不见的劳动。我们能看见的仅仅是：锨刃一天天变薄变短了，锨把一年年变细。仿佛什么东西没完没了地经过这些闲置不动的农具，造成磨砺和损失。

在黄沙梁，稍细心点便会看到这样两种情景：过日子的人忙忙碌碌度过一日——天黑了。慵懒的人悠悠闲闲，日子经过他们——天黑了。天从不为哪个人单独黑一次，亮一次。冯四的一天过去后，村里人的一天也过去了。谁知道谁过得更实在些呢。反正，多少个这样的一天过去后，冯四的一辈子就完了。黄沙梁再没有冯四这个人了。他撇下朝夕相处的一村人走了。我们埋掉他，嘴里念叨着他的好处，我们都把死亡看成一件美事，我们活着是因为还没有资格去死。

在世上走了一圈啥也没干成的冯四，并没受到责怪，作为一个生命，他完成了一生。与一生这个漫长宏大的工程相比，任何事业都显得渺小而无意义。我们太弱小，所以才想干出些大事业来抵挡岁月，一年年地种庄稼，耕地，难道真因为饥饿吗。饥饿是什么。我们不扛一把锨势必要扛一把刀一杆枪或一支笔，我们手中总要拿一件东西——叫工具也好、武器也好。身体总要摆出一种姿势——叫劳动、体育或打斗。每当这个时候，我便惊愕地发现，我们正和冥冥中的一种势力较着劲。这一锄砍下去，不仅仅是砍断几株杂草，这一锨也不仅仅翻动了一块黄土。我们的一辈子就这样被收拾掉了。对手是谁呢。

冯四是赤手空拳对付了一生的人。当宏大而神秘的一生迎面而来时，他也慌张过，浮躁过。但他最终平静下来，在荒凉的沙梁旁盖了间矮土屋，一天一天地迎来一生中的所有日子，又一个个打发走。

现在他走了，走得不远，偶尔还听到些他的消息。我迟早也走。我没有多少要干的事。除了观察活着的人，看看仍旧撒欢的牲口。迟早我也会搁荒一块地，住空一幢房子，惹哭几个亲人。我和冯四一样，完成着一辈子。冯四先完工了。我一辈子的一堵墙，还没垒好，透着阳光和风。

拾的吃

我认识一个孤老头，也不老，五十岁上下的样子，和我们家同住在城郊村。他不种地，却靠地生活。春天农民播种时，他在街上闲转。喜欢在棋摊上看人下棋，有时给别人指点两着儿，却从不动手下。或许一动手下就有输赢，输一盘要给摊主交四毛钱，所以他不动手，看大半天棋，一分钱不花，也把棋瘾过了。夏天庄稼成熟季节，他便夹一条麻袋，到田地里转了，坐在地头看人家收割。人家前脚收完，他后脚进地。麦子割了拾麦穗，黄豆割了捡黄豆。土豆挖了刨土豆。还在麦地边挖老鼠洞。听说他曾在一个老鼠洞里挖出过两麻袋麦穗，加一麻袋麦粒。从7月开始，田野里的收获不断。一直到11月，雪盖住庄稼地，他满载捡拾的粮食回城里过冬。他只收不种，不投入成本，所以他的日子比一些种地的农民过得好。他在别人收过的地里捡的东西，除了自己吃喝，还有剩余，卖成钱，一年的穿戴零花都够了。

我有点羡慕这个人，如果我不是靠写作挣一点碎银子，我希望去过这个人的生活，不种地，有地也租给别人，学这个人一样，别人忙春播夏锄时，我闲着晒太阳，等别人收完，我夹一条麻袋，在地里弓弓腰，一年的粮食就有了。

我把这个想法说给一个没事干又没钱花的穷亲戚，我想启发他去干这个行当。我说，让你在城里捡垃圾、要饭，你肯定不会干，丢人得很。尤其小地方，大家从小一块长大，人家做官乘小车，你要饭拾垃圾。面子上过不去。所以捡垃圾、擦鞋这些活都是外乡人干。本地人穷死在家里也不干。但你去地里拾粮食，这不丢人吧。收获季节大家都在地里忙。

我的穷亲戚说，这叫拾的吃。比捡垃圾要饭更丢人。

去年“十一”回沙湾县，和我弟弟妹妹的孩子骑自行车到田地里转，走过一片收过的花生地，看见地里到处是花生粒。问旁边拾棉花的人，这是谁家的花生，掉了这么多，怎么不复收。

说顾不上了，棉花都拾不完。

那我们捡一些可以吗。

捡吧。不然就全是老鼠的了。

我和张欢、阿健还有方圆一起捡了半小时，没怎么挪窝，把两辆自行车篓捡满了。几天的零嘴就有了。

新疆的秋天紧挨冬天，一场大雪，没收回来的全埋掉，冬天老鼠在雪底下找农民漏收的粮食吃。老鼠不种地，也一年四季有粮食吃。老鼠和人一样懂得储存粮食。老鼠的财富观可能和农民一样：仓里有粮，心里不慌。老鼠慌的时候就往人家里跑。在地里拾不到粮食，就要到人家里来偷。所以农民收获时，总要有意无意在地里掉一些，老鼠在地里拾够了，就不会进村。村里人要没粮食吃了，就往城里跑，往有钱有粮食的地方跑，这和老鼠的想法一样。老鼠算动物界的富翁了，因为它懂得储藏粮食。我们说一个人“穷得跟猴子一样”，猴子不会储藏，就两只手，即使碰到一片苞谷地，也只会掰一个扔一个，到头了依然穷得屁股都遮不住。

我小时候，村里有个姓魏的妇女，走路从不抬头，眼睛盯着路面。听说她老早前在路上拾到一个戒指，此后就把眼睛盯到路上了。我不知道那么多年她又拾到啥值钱东西了。肯定会有很多收获。连我这样很少往路面上看的人，偶尔低头，都能拾到几张钱，或别的什么。何况一个人一辈子在路上拾东西，可能早成富翁了。我在棉花摘收季节，看见几个沿路拾棉花的人，已经装满了几个袋子。那些从拉运棉花的拖拉机上颠落的棉花，风吹刮下来的棉花，一团一团，散在路两边。他们沿路往前拾。

可能谁都曾梦想过，一出门被一块黄金绊倒，爬起来就成百万富翁。可是绝大多数人，一辈子只被土块和石头绊倒过。

不是黄金不绊他们的脚，是他们压根不知道低头。像那个姓魏的妇女，把眼光盯在路上，拾点别人的遗财过日子，也许早把日子过好了。想想，一年有多少人丢东西在路上。一些是随手扔的，别人没用处了你有用处。一些是不小心丢的，路走完了才想起来，早不知道丢在哪条路上。这样的东西，捡到了想还给人家都没法还。找不到失主。我听说一个在城市扫大街的妇女，扫了两年，就买了一栋楼。你想垃圾里面有多少别人丢掉的金银财宝。

这些年我虽然住在城里，但我的父母兄弟，亲戚朋友都在乡下过穷日子，我为他们着急，常常替他们想一些生活办法，就常想起靠捡拾生活的这两个人。当然，可能还有更好的致富办法，做生意呀、开个小作坊加工点什么呀，但这都要投资。他们哪有钱。你想出的好致富门路，他找你来借钱，借不借？凡投资都有风险。赔了怎么办？连种地都成了风险最大的行业。就今年，棉花掉价，多少棉农血本不归。辛辛苦苦劳动一年，最后倒赔一笔钱。

那个拾粮食的老头肯定不会赔。现在，大雪封地，赔了本的农民待在家里，雪上加霜，过更加贫穷的日子，发愁明年的生计，春天播种借的款没法还掉，明年春播又找谁借钱。许多农民不种麦子，把地全种棉花，棉花卖的钱买粮食吃。如果棉花倒赔钱了，吃粮食都成问题。而那个拾粮食吃的老头从不发愁，此刻他在自己的温暖小屋里，富富有余地过冬。

这些年，我看到许多人，在忙忙碌碌地赔钱。辛辛苦苦，没有过上好日子，反而负债累累。不见得你想办法去挣钱了，就能挣来。钱是纸做的，握在黑心人手里。你的辛苦和劳动并不能感动它。什么都不做的人倒最保险。我的大哥，从三十岁开始想办法挣钱，什么都干过来了，干一个赔一个，到现在背了一身债。我粗算了一下，他要是一开始就啥也不做，当个闲懒人，用赔掉的那些钱，也过上不错的日子。可是谁又能挡住自己不去做事呢。我若不出来，也会凭着年轻的冲动，做一些事情。那个年代，大家都在做事情，银行的钱又那么好借。谁不想折腾钱呀。在我们那地方，银行的好多小分理处都被折腾倒闭了，借钱的人却没富裕。不知道钱倒腾到哪去了。

现在想想，完全可以不做什么，去过一种闲懒生活。其实我喜欢村里那些好吃懒做的人。一个小地方的活是有限的。说通俗点，就是就业机会和岗位是有限的，不需要人人去忙碌。那些闲不住有活干的人，要感谢没事干的人。忙人要感谢闲懒人。是他们把就业机会给了你。或者说，因为你把有限的活干了，把有限的钱挣了，别人就没事干，只能闲着，没钱。所以在西方福利保障健全的国家，待在家里没事干的人，总是在享受由那些忙碌的人所创造的社会福利，什么事不干都能活一辈子。以往我们老批评懒人，认为个人的贫穷是懒造成的。社会就这样无赖地把贫穷的责任推到一贫如洗的穷人身上，自己脱得干干净净。

忙人已经把世界折腾得不像样子了。忙人忙着在山上挖洞、江河上筑堤。忙着拆迁、占地、建厂子。在广大农村，政府忙着赶农民致富，动员农民养海狸鼠、种水葫芦、栽果树、果树挖掉种葡萄。倒腾来倒腾去，土地没安宁过。结果呢，倒霉的是农民。地倒腾坏了，农民被倒腾的吃饭都成了问题。

好在我们现在知道穷人的无辜了。在一些地方，政府再不动员农民去做不合时宜的事情，而是鼓励农民在有限的土地内，先种够粮食，解决吃饭问题，再谋求其他。

在新疆南疆的一些村庄，麦子收完后，村长就要把每家每户的麦种收上来，统一保管在村里的库房，春播时再还给农民，不这样做，到了春播时一些人家就连种子都吃光了。交种子那天，每家派一个人，背大半袋麦子送过去，口袋上写着名字，不过称，春天从库房背出来的时候，自然就知道是不是背进去时的重量。这个不知谁发明的集体保管种子的办法，真是行之有效，村民少吃几顿饭，只要饿不死人，谁都不用负责。播不下去种，地撂荒了，村长要负责任，乡长也要负责任。吃饭依旧是一些地方、一些人的头等大事，其他都还顾不上。

我去过的一些村庄，一小块绿洲，陷在无边的沙漠中。人均七八分地，种麦子都不够口粮。我若住在那样的村庄，也想不出更好的生活办法。也许他们那样生活已经是最好的选择了。在根本没办法挣到钱的状况下，学会过一种没有钱的生活。学会用少得可怜的一点点钱，把日子过下去。忘掉新衣服是啥样子，忘掉新皮鞋啥样子。肉嘛，想一想味道就行了。总之我是吃过肉的。谁年轻时没风光一时。少走路就不会磨坏鞋子，少干活就节省衣服。那一小块土地，忙死也长不出金子。还不如闲着，少用劲少吃粮食。节俭着过啊。懒本身也是一种节俭。

一般人到了四十岁才会变得节俭务实，不敢乱花钱。二十岁的时候没有钱，但有一个花十个，不害怕没钱。一来钱不是自己的——父母给的。二来在做梦的年纪，相信自己的三十岁里堆满了金子。到了三十岁果然要比二十岁时富有一些，但并没有堆满金子。又梦想四十岁里堆满金子，依旧不害怕没钱，请朋友吃喝，仗义疏财，自信千金散尽还复来。可是，到了四十岁，就什么都看清楚了。事能做多大，钱能挣多少，都清楚了。他再不会梦想五十岁里会堆满金子。只会清楚地看见五十岁里逐渐老掉的自己，逐渐衰弱的身体，生老病死。这时手里的每一块钱都变得珍贵，不敢乱花了。他知道钱像岁月一样，流失便不会回来。后半生里，花大钱的事躲不过去，随便一场病，几年几十年的积蓄就没有了。以前人们不怕老，老了可以享儿孙的福，儿孙即是财富。年轻年壮时，只要多费点劲，生养一群儿女，就什么都不怕了。一群儿女中总有一两个出息的，孝敬的。如果你活得长寿，享受到孙子、重孙子的福，就算福寿无疆了。财算什么，财造福人了，才算财富。如今谁还敢把养老的事寄托在儿女身上。有国家工资的人，靠养老金。没工资的农民、无业者，把前半生里挣的一点钱，紧紧捏住，哪敢随便花啊。更多的无业者，前半生里一无积蓄，老年后的日子，就不知道怎么过了。

我们确实不知道那些没收入的人们在怎么过日子，他们买面买米的钱从哪里来，中午的时候，他们跟我们一样在吃午饭吗。他们吃的什么饭，有饭吃吗。我们光知道身边有多少多少贫困人口，却不知道他们的贫困是什么。因为我们从来没走进那些贫民的家里，看看他们碗里的饭，看看他们的被褥，还有他们的孩子。社会的贫穷被广大的穷人隐藏起来，穷人越来越远离繁华、远离闹市，把财富垒筑的城市让给富人们。这座城市不久前，还是他们的庄稼地和果园，后来就变成富人的天堂了。穷人退后到边缘，悄无声息地过自己的穷日子，在他们中间，有我大哥、叔叔和姨，有我多年不曾往来的亲戚。他们穷得几乎过不下去，却从不到城里来向我借一块钱。他们从来就会过穷日子。偶尔一两年，好像也富裕过，好景不长，很快又穷得啥都没有了。

2005年

最后的铁匠

铁匠比那些城外的农民，更早地闻到麦香。在库车，麦芒初黄，铁匠们便打好一把把镰刀，等待赶集的农民来买。铁匠赶着季节做铁活儿，春耕前打犁铧、铲子、刨锄子和各种农机具零件。麦收前打镰刀。当农民们顶着烈日割麦时，铁匠已转手打制他们刨地挖渠的坎土曼了。

铁匠们知道，这些东西打早了没用。打晚了，就卖不出去，只有挂在墙上等待明年。

吐尔洪·吐迪是这个祖传十三代的铁匠家庭中最年轻的小铁匠。他十三岁跟父亲学打铁，今年二十四岁。成家一年多了，有个不到一岁的儿子。吐尔洪说，他的孩子长大后说啥也不让他打铁了，叫他好好上学，出来干别的去。吐尔洪说他当时就不愿学打铁，父亲却硬逼着他学。打铁太累人，又挣不上钱。他们家打了十几代铁了，还住在这些破烂房子里，他结婚时都没钱盖一间新房子。

吐尔洪的父亲吐迪 · 艾则孜也是十二三岁学打铁。他父亲是库车城里有名的铁匠，一年四季，来定做铁器的人络绎不绝。那时的家境比现在稍好一些，妇女们头戴面纱，在家做饭看管孩子，从不到铁匠炉前去干活。父亲的一把锤子养活一家人，日子还算过得去。吐迪也是不愿跟父亲学打铁，没干几天就跑掉了。他嫌打铁锤太重，累死累活挥半天才挣几块钱，他想出去做买卖。父亲给了他一点钱，他买了一车西瓜，卸在街边叫卖。结果，西瓜一半是生的，卖不出去。生意做赔了，才又垂头丧气回到父亲的打铁炉旁。

父亲说，我们就是干这个的，祖宗给我们选了打铁这一行都快一千年了，多少朝代灭掉了，我们虽没挣到多少钱，却也活得好好的。只要一代一代把手艺传下去，就会有一口饭吃。我们不干这个干啥去。

吐迪就这样硬着头皮干了下来，从父亲手里学会了打制各种农具。父亲去世后，他又把手艺传给四个弟弟和一个妹妹。他们又接着往下一辈传。如今在库车老城，他们家族共有十几个打铁的。吐迪的两个弟弟和一个侄子，跟他同在沙依巴克街边的一条小巷子里打铁，一人一个铁炉，紧挨着。吐迪和儿子吐尔洪的炉子在最里边，两个弟弟和侄子的炉子安在巷口，一天到晚炉火不断，铁锤叮叮当当。吐迪的妹妹在另一条街上开铁匠铺，是城里有名的女铁匠，善做一些小农具，活儿做得精巧细致。

吐迪说他儿子吐尔洪坎土曼打得可以，打镰刀还不行，欠点儿功夫。铁匠家有自己的规矩，每样铁活都必须学到师傅满意了，才可以另立铁炉去做活。不然学个半吊子手艺，打的镰刀割不下麦子，那会败坏家族的荣誉。吐迪是这个家族中最年长者，无论说话还是教儿子打镰刀，都一脸严肃。他今年五十六岁，看上去还很壮实。他正把自己的手艺一样一样地传给儿子吐尔洪·吐迪。从打最简单的马黄钉，到打坎土曼、镰刀，但吐迪·艾则孜知道，有些很微妙的东西，是无法准确地传给下一代的。铁匠活儿就这样，锤打到最后越来越没力气。每一代间都在失传一些东西。比如手的感觉，一把镰刀打到什么程度刚好。尽管手把手地教，一双手终究无法把那种微妙的感觉传给另一双手。

还有，一把镰刀面对的广阔田野，各种各样的人。每一把镰刀都会不一样，因为每一只用镰刀的手不一样，每只手的习惯不一样。打镰刀的人，靠一双手，给千万只不一样的手打制如意家什。想到远近田野里埋头劳作的那些人，劲儿大的、劲儿小的，女人、男人、未成年的孩子……铁匠的每一把镰刀，都针对他想到的某一个人。从一块废铁烧红，落下第一锤，到打成成品，铁匠心中首先成型的是用这把镰刀的那个人。在飞溅的火星和叮叮当当的锤声里，那个人逐渐清晰，从远远的麦田中直起身，一步步走近。这时候铁匠手中的镰刀还是一弯扁铁，但已经有了雏形，像一个幼芽刚从土里长出来。铁匠知道它会长成怎样的一把大弯镰，铁匠的锤从那一刻起，变得干脆有力。

这片田野上，男人大多喜欢用大弯镰，一下搂一大片麦子，嚓的一声割倒。大开大合的干法。这种镰刀呈抛物线形，镰刀从把手伸出，朝后弯一定幅度，像铅球运动员向后倾身用力，然后朝前直伸而去，刀刃一直伸到用镰者性情与气力的极端处。每把大镰刀又都有微小的差异。也有怜惜气力的人，用一把半大镰刀，游刃有余。还有人喜欢蹲着干活儿，镰刀小巧，一下搂一小把麦子，几乎能数清自家地里长了多少棵麦子。还有那些妇女，用耳环一样弯弯的镰刀，搂过来的每株麦穗都不会散失。

打镰刀的人，要给每一只不同的手准备镰刀，还要想到左撇子、反手握镰的人。一把镰刀用五年就不行了，坎土曼用七八年。五年前在这买过镰刀的那些人，今年又该来了，还有那个短胳膊买买提，五年前定做过一只长把镰刀，也该用坏了。也许就这一两天，他正筹备一把镰刀的钱呢。这两年棉花价不稳定，农民一年比一年穷。麦子一公斤才卖几毛钱。割麦子的镰刀自然卖不上好价。七八块钱出手，就算不错。已经好几年，一把镰刀卖不到十块钱。什么东西都不值钱，杏子一公斤四五毛钱。卖两筐杏子的钱，才够买一把镰刀。因为缺钱，一把该扔掉的破镰刀也许又留在手里，磨一磨再用一个夏季。

不论什么情况，打镰刀的人都会将这把镰刀打好，挂在墙上等着。不管这个人来与不来。铁匠活儿不会放坏。一把镰刀只适合某一个人，别人不会买它。打镰刀的人，每年都剩下几把镰刀，等不到买主。它们在铁匠铺黑黑的墙壁上，挂到明年，挂到后年，有的一挂多年。铁匠从不轻易把他打的镰刀毁掉重打，他相信走远的人还会回来。不管过去多少年，他曾经想到的那个人，终究会在茫茫田野中抬起头来，一步一步向这把镰刀走近。在铁匠家族近一千年的打铁历史中，还没有一把百年前的镰刀剩到今天。

只有一回，吐迪的太爷掌锤时，给一个左撇子打过一把歪把大弯镰。那人交了两块钱定金，便一去不回。吐迪的太爷打好镰刀，等了一年又一年，等到太爷下世，吐迪的爷爷掌锤，他父亲跟着学徒时，终于等来一个左撇子，他一眼看上那把镰刀，二话没说就买走了。这把镰刀等了整整六十七年，用它的人终于又出现了。

在那六十七年里，铁匠每年都取下那把镰刀敲打几下。打铁的人认为，他们的敲打声能提醒远近村落里买镰刀的人。他们时常取下找不到买主的镰刀敲打几下，每次都能看出一把镰刀的欠缺处：这个地方少打了两锤，那个地方敲偏了。手工活就是这样，永远都不能说完成，打成了还可打得更精细。随着人的手艺进步和对使用者的认识理解不同，一把镰刀可以永远地敲打下去。那些锤点，落在多少年前的锤点上。叮叮当当的锤声，在一条窄窄的胡同里流传，后一声追赶着前一声。后一声仿佛前一声的回音。一声比一声遥远、空洞。仿佛每一锤都是多年前那一锤的回声，一声声地传回来，沿我们看不见的一条古老胡同。

吐迪·艾则孜打镰刀时眼皮低垂，眯成细细弯镰的眼睛里，只有一把逐渐成形的镰刀。儿子吐尔洪就没这么专注了，手里打着镰刀，心里不知道想着啥事情，眼睛东张西望。铁匠炉旁一天到晚围着人，有来买镰刀的，有闲得没事看打镰刀的。天冷了还是烤火的好地方，无家可归的人，冻极了挨近铁匠炉，手伸进炉火里燎两下，又赶紧塞回袖筒赶路去了。

麦收前常有来修镰刀的乡下人，一坐大半天。一把卖掉的镰刀，三五年后又回到铁匠炉前，用得豁豁牙牙，木把也松动了。铁匠举起镰刀，扫一眼就能认出这把是不是自己打的。旧镰刀扔进炉中，烧红、修刃、淬火，看上去又跟新的一样。修一把旧镰刀一两块钱，也有耍赖皮不给钱的，丢下一句好话就走了，三五年不见面，直到镰刀再次用坏。一把镰刀顶多修两次，铁匠就再不会修了。修好一把旧镰刀，就等于少卖一把新的。

吐迪家的每一把镰刀上，都留有自己的记痕。过去三十年五十年，甚至一二百年，他们都能认出自己家族打制的镰刀。

那些记痕留在不易磨损的镰刀臂弯处，像两排月牙形的指甲印，千年以来他们就这样传递记忆。每一代的印记都有所不同，一样的月牙形指甲印，在家族的每一个铁匠手里排出不同的形式。没有具体的图谱记载每一代祖先打出的印记是怎样的形式。这种简单的变化，过去几代人数百年后，肯定会有一个后代打在镰刀弯臂上的印记与某个祖先的完全一致，冥冥中他们叠合在一起。那把千年前的镰刀，又神秘地、不被觉察地握在某个人手里。他用它割麦子、割草、芟树枝、削锨把儿和鞭杆……千百年来，就是这些永远不变的事情在磨损着一把又一把镰刀。

打镰刀的人把自己的年年月月打进黑铁里，铁块烧红、变冷、再烧红，锤子落下、挥起、再落下。这些看似简单、千年不变的手工活，也许一旦失传便永远地消失了，我们再不会找回它。那是一种生活方式。它不仅仅是架一个打铁炉，掌握火候，把一块铁打成镰刀这样简单的一件事。更重要的是打铁人长年累月、一代一代积累下来的那种心理，通过一把镰刀对世界人生的理解与认识，到头来真正失传的是这些东西。

吐尔洪·吐迪家的铁匠铺，还会一年一年敲打下去。打到他跟父亲一样的年岁还有几十年时间呢，到那时不知生活变成什么样子。他是否会像父亲一样，虽然自己当初不愿学打铁，却又硬逼着儿子去学这门累人的笨重手艺。在这段漫长的铁匠生涯中，一个人的想法或许会渐渐地变得跟祖先一样古老。不管过去多少年，社会怎样变革，我们总会在一生的某个时期，跟远在时光那头的祖先们，想到一起。

吐尔洪会从父亲吐迪那里，学会打铁的所有手艺，他是否再往下传，就是他自己的事了。那片田野还会一年一年地生长麦子，每家每户的一小畦麦地，还要用镰刀去收割。那些从铁匠铺里，一锤一锤敲打出来的镰刀，就像一弯过时的月亮，暗淡、古老、陈旧，却永不会沉落。

偷苞谷的贼

我跑去时天已经开始黑了，还刮着一股风。破墙圈上站着许多人，都是大人。我在村里听见这边嗷嗷乱叫，就跑来了。路上听人说抓住一个偷苞谷的贼，把腿打断了，蜷在破牛圈墙圈里。我跑到时喊叫声突然停住，墙圈上站着的那些人，像一些影子贴在灰暗的天幕上。

偷苞谷的贼蜷缩在一个墙角，一只腿半屈着，头耷拉在膝盖上，另一只腿平放在地，像在不住地抖。他的双手紧抱着头，我看不清他的脸，只感到他很壮实。

我找了个豁口，想爬到墙上去，爬了两下，没上去。这时天很快全黑了，墙圈上的人一个一个往下跳。我至今记得他们跳墙的动作，身子往下一躬，一纵，直直地落下来。

他们跳下来后，拍打着身上的土，一声不响从一个大豁口往外走。我看见墙上没人了，也赶紧跟着往外走。

“刘二，你把这个豁口守着，别让偷苞谷的贼跑了。”

喊我的人是杜锁娃的父亲。我常和他家锁娃一起玩。他们家住在沙沟沿上，和胡木家挨着。我还在他家吃过一次饭。我一直记着他对我说话的口气，不像对一个孩子，像是给一个大人安排一件事。我愣在那里。

见我站着不动，他三两步走过来，两只大手夹住我的腰，像拿一件小东西，很轻松地把我夹起来，放到那个豁口中间。

“这样，手伸开挡住，不能把贼放跑了。”

他把我的胳膊拉直，像个十字架一样立在那里。他好像看出我的胳膊伸得一高一低，又轻轻把一只胳膊往上托了一下。然后我听见他们离开的脚步声越来越远，消失在村子里。

一连几天，我躲在家里不敢出门。大人们下地后，我一个人待在院子，脸贴在院门缝往外望。一有人走近便赶忙藏起来，像个贼一样不敢出声。

他们肯定要来找我的麻烦，我想。我也没敢把这件事告诉家里人。

我把偷苞谷的贼放跑了。

我以为他们回去吃饭了，很快就会回来。我很听话地站在那里，一动不动。偷苞谷的贼像一块黑乎乎的东西堆在墙角，只能模糊地辨认出一点轮廓。我不眨眼地盯着他。刚才那股风似乎刮大了一些，风把墙上的土吹下来，直迷眼睛。我正好站在一个风口上，身体不住地摆动着，衣服刮得直抖，却听不到一点声音。

不知这样站了多久，月亮出来了，黄黄的一个脸，探出墙头。我吓了一跳，以为是一个人。

偷苞谷的贼动了一下，月光正好照清楚他的半边身体。我至今记得他那件紧裹在身上的上衣，袖口短半截子，肩膀处撕烂了一片，月光落在上面，像撒了一层土。

他先放下一只手，摸了摸那条平躺在地的断腿，接着用另一只手扶着墙，很吃力地站起来。

我始终没看清他的脸，他低垂着头，像在看着他那条拖拉在地上的断腿，又像在看地上的什么东西。在我多少次的回想中他是个没头的人，我想不出他那颗头的形状，他的脸深埋着，头发融在夜色中，肩膀之上是一片黑黑的夜空。

他站稳后也没抬头看一眼，便径直朝豁口处走过来，走得很慢，却很坚定。随着身体一倾一斜，那条好腿一下一下地捣着地。我像被钉在那里，伸开的胳膊一只也放不下来，也无法转动身体。我恐惧地看着偷苞谷的贼一瘸一拐走过来，想喊叫，却叫不出声。眼看就走到跟前了，我突然像从什么力量中摆脱出来，一转身，拔腿飞跑起来。跑了一阵才意识到，两只胳膊还直伸着忘了放下来。

我发现自己跑进一条幽暗的巷子里，两旁是一幢一幢的黑房子，一点灯光没有。我认出这不是我们家住的那条巷子。我刚才一着急把方向跑反了，我回过头想往另一个巷子跑，突然看见偷苞谷的贼已经追上来，离我很近了。他依旧埋着头，身子一倾一斜的样子更加吓人。

“偷苞谷的贼跑了。”

“偷苞谷的贼跑了。”

……

我吓了一大跳，不敢相信是我喊出的声音。我边跑边喊。那个夜晚人们睡得特别早也特别死，我喊了多少遍，嗓子都哑了，没喊醒一个人。连一条狗都没叫醒。

偷苞谷的贼似乎加快了步子，我听见他一只脚捣地的声音越来越急，也越来越有力。我跑几步便回头看一眼，每次都觉得他更近了。

至今我记得那个夜晚我仓皇跑过的那些人家的房子：陈元家的房子、张天家的房子、胡学义家的房子……白天我多少次经过这些房子，门口蹲着人，墙根卧着狗和牲畜。我无所事事地走着，边玩边走，不时伸手折一根路边的柳树条，抬脚踢一下路上的土块和驴粪蛋。我认识每一户人家的大人和孩子，熟悉每个院子的每一间房子。他们也都知道我是刘家老二。有时我被陈元家方头喊住，在他家院子里玩一上午。有时在胡学义家墙根蹲一下午，和胡小梅玩抓石子。胡小梅的手指细长细长，她能一手背接住七个石子。我玩不过她，却喜欢跟她玩。她家黑狗也认识我，见了我便亲热地跑过来，让我摸它的脊背和脖子。夜里这些人家全不一样了。我似乎错跑到另一个村庄，所有的门紧闭，窗户黑洞洞的。奔跑中我还急促地敲了丁树和李一棵家的门，一点回应没有。眼看我要跑出村子了，剩下最后一户人家的房子。我已经看见村边那片黑森森的苞谷地，一条小路从中间穿过去。过了苞谷地再过一个沙沟，就是闸板口村了。偷苞谷的贼好像是闸板口村的。

我又急又害怕，再跑下去，我就被偷苞谷的贼追赶着跑进苞谷地，跑过那个沙沟，一直跑到闸板口村了。

就在这时，月亮钻进云里了，身后的脚步声也像暗了下去。我一扭身，躲到路旁一垛柴火后面。

这垛柴火全是红柳，枝条不规则地乱扎着。我不小心碰到一根，弄出一阵干炸炸的响声，我想偷苞谷的贼一定听见了。

我猫着腰，屏住气等了好几分钟，才看见偷苞谷的贼从柴垛旁过去。他过去的时候，好像扭头看了我一眼。我看不清他的脸，只感到一股目光落到身上，像浇了盆凉水一样，浑身的汗毛全竖了起来。我想他会转到柴垛后面找我，却没有。他几乎没停顿，一瘸一拐地走了过去，钻进那片苞谷地里不见了。

我直起身，村子里突然一片亮光。好多人家的窗户都亮了。到处是开门声、说话声。

“出啥事了。刚才谁在喊。”

“好像是个孩子。”

我听见许多人走到路上，相互询问，突然又害怕起来，不敢过去跟他们说话。我蹲在柴垛后面，一直等他们回到屋子，灯一家一家灭尽。

很多天过去了，没有一个人来找我。我在家里躲得没趣，想出去找个人把这件事说清楚。村子里不停地刮着风，人都像被风吹乱的影子，这儿那儿，破破碎碎的。不知怎么了，那年秋天，我记住的人都薄薄的像一张纸，风一刮就动起来。我在村里转悠了半天，也没人理我。人们都忙着什么事，往东走的、朝西去的、照北跑的，碰到一起又分开，越离越远，回来又出去，没有一点秩序，看不出他们要干什么。像一场没做好的梦，乱乱的。

一天早晨，我看见杜锁娃的父亲牵着牛正准备下地。我故意绕到他前面，站在路旁等他走过来。我想他肯定会问我。是他安排我看偷苞谷的贼的。

杜锁娃的父亲一手扛锨，一手拉着牛缰绳，走到跟前时漫不经心地看了我一眼。我低着头，等他问那件事，他已经牵牛走过去，像从没发生过什么似的。

我见他过去了，紧走两步追上去。

“那个贼跑掉了。”我说。

他扭过头看着我。

“偷苞谷的贼。”我又大声说一句。

他瞪了我一眼，转身吆喝了一声牛。接着我听他嘟囔说：“苞谷早收掉了。哪还有苞谷。”

我一下愣在那里。

许多年，许多事情或许都没有发生，但被我经历了。我很小的时候，人们都背着我干了些什么。从我八岁到三十五岁的二十七年里，被你们打断腿的一个人，一直在梦中追我，我跑不过他。一个梦中我逃脱了，远远地甩掉了他。另一个梦中他又追了上来。他的一条腿拖在地上，另一条腿一下一下地捣着地。随着我一年年长大，我想我再不会怕他了。下次梦中遇到他我一定不会逃跑，我会双手叉腰站着等他走到跟前，我要看看他到底是谁，他的腿又不是我打断的，我为啥要吓得逃跑呢。可是，我一直都没长到那个断腿男人那样壮实。在一场一场的梦中，我依旧被他追着跑。一开始是在村里那些幽黑的巷子里奔跑，除了身后一瘸一拐的断腿人，再碰不见一个人，也没一点灯光。我在恐惧和绝望中跑过一幢幢熟悉的黑房子。

后来就到了荒野上，我漫无边际地奔逃，断腿人像一截摇晃的木头在身后紧追不舍。

再后来，梦境移到了一个小镇空荡荡的街道上。我从街道一头往另一头跑。我不熟悉两旁的高房子，不敢躲进去，只是拼命奔跑。

在多少次的奔跑中我都想找到那垛柴火，躲到它后面去。我试着躲在一堵破墙后面，钻进一间没人的空房子，都被断腿人找见了。他不抬头，却总能看见我跑到了哪里。在我的下意识中只有那垛柴火能救我，却一直再没找到。

这样的梦一直延续到我进入乌鲁木齐，以后再没梦见那个偷苞谷的贼。

我相信自己已经摆脱他了。我远离了那片地方。他瘸着腿，一定跑不到这么远的城市。即使跑来了，也难以找到我。另一方面，我觉得自己真正长大了。尽管依旧没长到那个断腿男人那样壮实，却长到了跟他一样大的年纪，而且一年年地超过了他（在我的梦里他一直都是那个年龄，四十多岁，或者五十岁的样子）。

多少年后的一个下午，我正在街上行走，我的一条腿突然疼痛起来，好像一下子不是我的腿，我的身体不认它了，狠劲往外推、撕扯，要把它扔掉。我不知道身体中发生了什么。但我知道它迟早要出点事。我跑了那么多路，走了那么多地方，也早该把腿跑坏一条了。只是我不知道腿坏了会是这种滋味，它牵动了全身，我有点站不稳，转头望望，街上的人一个也不认识。多少年来我天天见的一街人，却一个也不认识。

我扶着电线杆站了一会儿，浑身冒汗。这条腿已经疼得不能着地，想找个人帮我一把，又不知去找谁，我认识的那些人，他们远在黄沙梁。我只好拖着一条腿，一瘸一拐往回走。走在我前面的是一个大人和一个小孩，他们刚从我身边超过去。那孩子七八岁的样子，每走几步便回头看我一眼，他似乎想帮帮我，又不敢停下来，好像有点害怕我，我紧走几步，他也加快步子。我慢下来，他也慢下来，不住地回头看着我。我觉得奇怪，走着走着，我一低头，突然看见自己——多年前，那个偷苞谷的就是这副样子在追我。

我下意识地回头望了望，什么都没望见。街上的人黑压压地晃动着，像一片风中的苞谷地。

我紧走几步，突然又一阵剧痛，感到一个人的粗壮身体正穿过我，从我身体的骨肉缝隙硬挤了过去。

那个偷苞谷的贼，他还是追上了我，把他的一条坏腿扔给我，换上我的一条好腿跑掉了。

树上的孩子

我天天站在大榆树下，仰头看那个爬在树上的孩子。我不知道他的名字。也许没有名字。他的家人“呔”“呔”地朝树上喊。那孩子听见喊声，就越往高爬，把树梢的鸟都吓飞了。

村里孩子都爱往高处爬。一群一群的孩子，好像突然出现在村子，都没顾上起名字。房顶、草垛、树梢，到处站着小孩子，一个离一个远远的。大人们在下面喊：

“呔，下来。快下来。下来给你糖吃。”

“看，老鹰飞来了，把你叼走。”

“再不下来，追上去打了。”

好多孩子下来了。那个年龄一过，村庄的高处空荡了，草垛房顶上除了鸟、风刮上去的树叶和偶尔一个爬梯子上房掏烟囱的大人，再没什么了。许多人的头低垂下来，地上的事情多起来。那些早年看得清清楚楚的远山和地平线，都又变得模糊。

只有那个树上的孩子没下来，一直没下来。他的家人把各种办法用尽了。父亲上去追，他就往更高的树梢爬。父亲怕他摔下来，便不敢再追。他用枝叶在树上搭了窝，母亲把被褥递上去，每天的饭菜用一个小筐吊上去。筐是那孩子在树上编的。那棵榆树长得怪怪的，一根磨盘粗的独干，上去一房高，两个巨杈像一双手臂向东斜伸过去。那孩子爬在北边的树杈上，南边的杈上落着一群黑鸟，“啊啊”地叫，七八个鸟巢筑在树梢。

我不知道那孩子在树上看见了什么。他好像害怕下到地上。

村里突然出现许多孩子，有的比我大，有的比我小，不知道从哪来的。多少年后他们长成张三、韩四或刘榆木，我仍然不能一一辨认出来。我相信那些孩子没有长大，他们留在童年了。长大的是大人们自己，跟那些孩子没有关系。不管过去多少年，只要有人回去，都会看见那些孩子还在那里，玩着多少年前的游戏，爬高上低，村庄的房顶、草垛、树梢，到处都是孩子。

“上来，快上来。”

只要你回去，就会有一个孩子在高处喊你。

只有那个树上的孩子被我记住了。有一天他上到一棵大榆树上就再不下来，他的家人天天朝树上喊。我站在树下，看他看地上时惊恐的目光。地上究竟有什么，让他这样害怕。一定有什么东西被他看见了。

我记不清他在树上待了多久，有半个夏天吧。一个早晨，那个孩子不见了，搭在树梢的窝还在，每天吊饭的小筐还悬在半空，人却没有了。有人说那孩子飞走了，人一离开地就会像鸟一样长出翅膀。也有人说让老鹰叼走了。

多少年后我想那个孩子，觉得那就是我。我五岁时，看见他爬在树上，十一二岁的样子。他一脸惊恐地看着地上，看着时而空荡、时而人影纷乱的村庄。我站在树下盯着他看，他也盯着我，我觉得那个树上的目光是我的。我十一二岁时在干什么呢。我好像一直没走到那个年龄。我的生命在五岁时停住了。剩下的全是被别人过掉的生活。多少年后我回来过我的童年，那棵榆树还在，树上那孩子搭的窝还在。他一脸惊恐地目睹的村子还在。那时我仍不知道他惊恐地上的什么东西。我活在自己永远看不见的恐惧中。那恐惧是什么，他没告诉我，也许他一脸的恐惧已经把什么都告诉我了。

我五岁时看见自己，像一群惊散的鸟，一只只鸣叫着飞向远处。其中有一只落到树上。我的生命在那一刻，永远地散开了。像一朵花的惊恐开放。

马老得胡子都白了

我出生时爷爷就是一个老头，我没看见他的壮年、青年和少年。我一睁眼他就老掉了。后来，我没长大，他又不见了。我不知道他去了哪里。在他的记忆中，我没有青年、中年，也没有老年。他没看见我长大。我也没看见。一个早晨，人们把他放到车上，他穿着新衣新裤新鞋子，好像睡着了，闭着眼睛。父亲把缰绳搁在他手里，一根青柳条的细绳鞭放在另一只手里，然后马车“嘚嘚”上路了。

多少年后，我开始记事的时候——也许没有多少年，只是比一个早晨稍长一点的时间，一辆空马车从村子另一边回来，径直走到我们家门口。马老得胡子都白了，车也几乎散架。车箱板上一层沙尘一层树叶，说明马车穿过多少个秋天和春天。

母亲说，这辆马车是陪送你爷爷的，没让它回来。

它是不是把爷爷送到地方，来接我们。我在心里说。

空马车从此停在院子，车架用一个条凳支起。老马拴在棚下，母亲说它快死了，却没死，一直拴在草棚下面。从我记事起就有一匹老马拴在草棚下，不吃草不睡觉。夜里眼睛白白地望着我们家门，望着窗户和烟囱。我从草棚下来，悄悄站在它身后，顺着它的眼睛望去，我们家木门在星光里，暗暗开了，又关住，又开了，一下一下，像多少人进进出出，炕睡满了，地上站满了。我不敢进屋。我睡觉的地方睡满了不认识的人。车空空地停在院子，等了多少年，辕木都朽了一根，没一个人上路。

秋天，跑顺风买卖的冯七说，在奇台看见我爷爷。他穿着新衣新裤新鞋子，坐在一条向南的巷子里，晒太阳。冯七过去跟他说话，老人家说不认识他。怎么可能呢？冯七说了许多虚土庄的事，老人家一个劲儿摇头。

我爷爷可能被一段颠路摇醒，看见自己新衣新裤新鞋子，躺在马车上，就什么都明白了。他把车掉回头，拍了一把马屁股，车便空跑回来。我爷爷回过头，往上百年的往事里走。他经过我出生看见他的那段日子时，我感觉有一个亲人回来——我闻到他的气息，他带来的风声里没有一粒尘土。我没看清他的面容，只感到我在他的目光里。我静静停住，后退几步，想让他看清我。我想他会停留一段日子。我听见他的脚步，在院子里走动，有时走到路上又回来。他一定知道我感觉到了他，他的脚步越来越轻。我越来越安静，什么都听不见时，我站在阳光中，不敢走动，怕碰到他身上。他可能就在沙枣树荫里，在木头上，斜歪着身子；或许站在我身后，胡须垂到我的头顶。

这样的时刻很长，有几个季节，我停住生长。跑买卖的马车时常经过村庄。院门一天到晚敞开，家里剩下我一个人。我爷爷回来的时候，他们都到哪儿去了？

突然的，有一天我再感觉不到他。院子变得空空的，我知道他走了。

他走进没有我的漫长年月，在那里，他和我从没见过面的奶奶，过着我不知道的日子。多少年后，他回到童年时，我听见他的喊声，我回过头——那时我刚好在童年，我和他一起玩捉迷藏，爬树梢、上房顶。我不知道和我玩耍的孩子中有一个是我爷爷，他回来过自己的童年，在那里他和我不分大小。

他往回走的时候，曾经收获过的粮食又一次被他收获。早年的一日三餐，一顿不缺，让他再次吃饱，用掉的力气也全回到身上。

我另外的一生已经开始

我说不出有四个孩子那户人家的穷。他们垒在库车河边的矮小房子，萎缩地挤在同样低矮的一片民舍中间。家里除了土炕上半片烂毡，和炉子上一只黑黑的铁皮茶壶，再什么都没有。没有地、没有果园、没有生意。四个未成年的孩子，大的十二三岁，小的几岁，都待在家里。母亲病恹恹的样子，父亲偶尔出去打一阵零工。我不知道他们怎么生活。快中午了，那座冷冷的炉子上会做出怎样一顿饭食，他们的粮食在哪里。

我同样说不出坐在街边那个老人的孤独，他叫阿不利孜，是亚哈乡农民。他说自己是挖坎土曼的人，挖了一辈子，现在没劲了。村里把他当“五保户”，每月给一点口粮，也够吃了，但他不愿待在家等死，每个巴扎日他都上老城来。他在老城里有几个“关系户”，隔些日子他便去那些人家走一趟，他们好赖都会给他一些东西：一块馕、几毛钱、一件旧衣服。更多时候他坐在街边，一坐大半天，看街上赶巴扎的人，听他们吆喝、讨价还价。看着看着他瞌睡了，头一歪睡着了。他对我说，小伙子，你知道不知道，死亡就是这个样子，他们都在动，你不动了。你还能看见他们在动，一直地走动，却没有一个人走过来，喊醒你。

这个老人把死亡都说出来了，我还能说些什么。

我只有不停地走动。在我没去过的每条街每个巷子里走动。我不认识一个人，又好似全都认识。那些叫阿不都拉、买买提、古丽的人，我不会在另外的地方遇见。他们属于这座老城的陈旧街巷。他们低矮的都快碰头的房子、没打直的土墙、在尘土中慢慢长大却永远高不过尘土的孩子。我目光平静地看着这些时，的确心疼着在这种不变的生活中耗掉一生的人们。我知道我比他们生活得要好一些，我的家景看上去比他们富裕。我的孩子穿着漂亮干净的衣服在学校学习，我的妻子有一份收入不菲的体面工作，她不用为家人的吃穿发愁。

可是，当我坐在街边，啃着买来的一块馕、喝着矿泉水，眼望走动的人群时，我知道我和他们是一样的，尘土一样多地落在我身上。我什么都不想，有一点饥饿，半块馕就满足了。有些瞌睡，打个盹儿又醒了。这个时刻一直地延长下去，我也可以和他们一样，在老城的缓慢光阴中老去。我的孩子一样会光着脚，在厚厚的尘土中奔来跳去，她的欢笑一点儿不会比现在少。

我能让这个时刻一直地延长下去吗?

这一刻里我另外的一生仿佛已经开始。我清楚地看见另一种生活中的我自己：眼神忧郁，满脸胡须，背有点驼。名字叫亚生，或者买买提，是个木工，打馕师傅，或者是铁匠，会一门不好不坏的手艺。年轻时靠力气，老了靠技艺。我打的镰刀把多少个夏天的麦子割掉了，可我，每年挣的钱刚够吃饱肚子。

我没有钱让我的女儿上学，没有钱给她买漂亮合身的衣服。她的幸福在哪里我不知道，她长大，我长老。等她长大了还要在这条老街上寻食觅吃，等我长老了我依旧一无所有。

你看，我的腿都跑坏了还是找不到一个好的归宿，我的手指都变僵硬了还没挣下一点儿养老的粮食。

我会把手艺传给女儿，教她学打铁，像吐迪家的女铁匠一样，打各种精巧耐用的铁器，挂在墙上等人来买。我不知道她是否喜欢这种叮叮当当的生活，不喜欢又能去做什么。如果我什么手艺都没有，我就教她最简单简朴的生活，像巴扎上那些做小买卖的妇女，纱巾蒙面，买一把香菜，分成更小的七八把，一毛钱一把地卖，挣几毛钱算几毛。重要的是我想教会她快乐。我留下贫穷，让她继承；留下苦难，让她承担。我没留下快乐，她要学会自己寻找，在最简单的生活中找到快乐，把自己漫长的一生度过。

我不知道这种日子的尽头是什么。我的孩子，没人教她自己学会舞蹈，快乐的舞蹈、忧伤的舞蹈。在土街土巷里跳，在果园葡萄架下跳。没有红地毯也要跳，没有弹拨儿伴奏也要跳。学会唱歌，把快乐唱出来，把忧伤唱出来，唱出祖祖辈辈的梦想。如果我们的幸福不在今生，那它一定会在来世。我会教导我的孩子去信仰。我什么都没留下，如果再不留给她信仰，她靠什么去支撑漫长一生的向往。

如果我死了——不会有什么大事，只是一点小病，我没钱去医治，一直拖着，小病成大病，早早地把一生结束了。那时我的女儿才有十几岁，像我在果园小巷遇到那个叫古丽莎的女孩一样，她十二岁没有了父亲，剩下母亲和一个妹妹。她从那时起辍学打工，学钉箱子。开始每月挣几十块钱，后来挣一百多块，现在她十七岁了，已经是一个技艺娴熟的制箱师傅，一家人靠她每月二百五十元到三百元的收入维持生活。

古丽莎长得清秀好看，一双水灵的大眼睛里，闪烁着她这个年龄女孩子少有的忧郁。那个下午，我坐在她身旁，看她熟练地把铜皮包在木箱上，又敲打出各种好看的图案。我听她说家里的事：母亲身体不好，一直待在家，妹妹也辍学了，给人家当保姆。我问一句，古丽莎说一句，我不问她便低着头默默干活，有时抬头看我一眼。我不敢看她的眼睛，那时刻，我就像她早已过世的父亲，羞愧地低着头，看着她一天到晚地干活，小小年纪就累弯了腰，细细的手指变得粗糙。我在心里深深地心疼着她，又面含微笑，像另外一个人。

如果我真的死了，像《古兰经》中说的那样，我会坐在一颗闪亮的星宿上，远远地望着我生活过的地方，望着我在尘土中劳忙的亲人。那时，我应该什么都可以说出来，一切都能够说清楚。可是，那些来自天上的声音，又是多么的遥远模糊。

旅途

散文精读·刘亮程 >>

一切都没有过去

我对库车的兴趣缘于许多年前的一次南疆之行。那时我刚从新疆北部一个偏僻小村庄走出，天山以南的南疆对我还是一片完全陌生的地域，我对迎面而来的更广阔无边的戈壁荒漠惊叹不已。那是一次漫长而紧促的行旅，几千公里的路途，几乎没有在哪儿停顿过，沿途一阵风一样穿过的那些维吾尔人居住的村落城镇，就像曾经的梦境般熟悉亲切。低矮破旧的土房子、深陷沙漠的小块田地、环屋绕树的袅袅炊烟，以及赶驴车下地的农人——仿佛我是生活其中的一个人，又永远地置身其外。一切都像一场梦一样飘忽，一阵风一样没有着落。也许为弥补那次行旅的紧促，梦中我又沿那条长路走过无数次。

我记得我们在一个周五黄昏到达库车老城，满街的毛驴车正在散去。那是老城每周一次的巴扎（集市）日。我们停车在库车河边，在写有“龟兹古渡”桥头旁的一家维吾尔族饭馆吃晚饭，街上一片零乱，没卖掉的农具、手工制品和农产品正被收拾起来，装上毛驴车。赶集的人渐渐走散，消失在夕阳尘土里，临街的门窗悄然关闭，仿佛库车的热闹到此为止。只有街对面，一位蒙面的维吾尔族妇女，依旧端坐在那里。她的褐色面纱一直垂到膝盖，卖剩的半筐馕摆在面前，街上离散的人群似乎跟她没有关系。

那时我对库车的历史知之甚少，现在仍不会知道更多。除了史书上有关库车——古龟兹国的一些片段文字，以及残存在这块土地上让人吃惊的千佛洞窟和古城遗址，库车的历史从来就没被谁清晰地看见过。

而比历史更近的，坐在街边卖馕的那个维吾尔族妇女的生活，已经离我十分遥远了。在我看来，她的蒙面褐纱并不比两千年的历史帷幕单薄。她从哪里来，她叫什么名字，在这座老城的低矮土巷里，她过着怎样一种生活。她的红柳条筐是千年前的模样，她卖剩的馕仿佛放了几个世纪。还有，她的面纱后面，我永远看不见的容颜，一双怎样的眼睛透过褐色面纱在看着我们，看着这个黄昏人世。

我禁不住走过去，向她买一块馕。多少钱一个？我想听听面纱背后的声音，却没有，她只微微抬臂，伸出一个指头。我递给她一块钱。

那块馕上肯定落了一天的尘土，我看不见。馕是麦黄色的。她递给我时用手拍打了两下，我接过来，也学她的样子拍打两下，又对着嘴吹了几口，也不见有土吹打下来，只有昏黄的暮色落在上面。

我转过身，街上已经空荡荡了，临街的几家饭馆亮起了灯。我们原打算在库车住一夜，吃了一大盘抓饭后，都有了精神，便又决定继续赶路，库车城就这样埋在身后的长夜里。

那时我想，我或许是一个运气不好的人，紧赶慢赶，赶在了一个黄昏末世。我喜欢的那些延续久远的东西正在消失，而那些新东西，过多少年才会被我熟悉和认识。我不一定会喜欢未来，我渴望在一种人们过旧的年月里安置心灵和身体。如果可能，我宁愿把未来送给别人，只留下过去，给自己。

库车老城是一处难得的昔年旧址。我想象中的古老生活，似乎就在那些土街土巷里完整地保存着。有时我会想起那个卖馕的维吾尔族妇女，她面纱后面的一双眼睛，她永远卖不完，剩下一个等着谁的麦黄圆馕。想起摆在老城街边的手工农具、铜器，那一切，会不会在我偶然途经的那个黄昏，永远消失？

直到这次，我再来到库车，看到多年前我一晃而过的老城还在那里。穿城而过的库车河、龟兹古渡、清真寺、满街的毛驴车，仿佛时光在这里停住，一切都没有过去，只有我的年华在流逝。

随着中年来临，我正一点点地接近那些古老事物。我和它们就像曾经沧海的一对老人一样一见如故。我走了那么多地方，看了那么多书，思考了那么多事情，到头来我的想法和那个坐在街边打盹的老人一模一样。你看他一动不动，就到达了我一辈子要到达的地方。

而我，还在半路上呢。

通往田野的小巷

顺着一条巷子往前走，经过铁匠铺、馕坑、烧土陶的作坊，不知不觉地，便进入一片果园或苞谷地。八九月份，白色、红色的桑葚斑斑点点熟落在地。鸟在头顶的枝叶间鸣叫，巷子里的人家静悄悄的。很久，听见一辆毛驴车的声音，驴蹄嘀嗒嘀嗒地点踏过来，毛驴小小的，黑色，白眼圈，宽长的车排上铺着红毡子，上搭红布凉棚。赶车的多为小孩和老人，坐车的，多是些丰满漂亮的女人，服饰艳丽，爱用浓郁香水，一路过去，留香数里，把鸟的头都熏晕了。如果不是巴扎日，老城的热闹仅在龟兹古渡两旁，饭馆、商店、清真寺、手工作坊，以及桥上桥下的各种民间交易。这一块是库车老城跳动不息的古老心脏，它的头是昼夜高昂的清真大寺，它的手臂背在身后，双腿埋在千年尘土里，不再迈动半步。

库车城外的田野更像田野，田地间野草果树杂生。不像其他地方的田野，是纯粹的庄稼世界。

在城郊乌恰乡的麦田里，芦苇和种类繁多的野草，长得跟麦子一样旺势。高大的桑树、杏树耸在麦田中间。白杨树挨挨挤挤围拢四周，简直像一个植物乐园。桑树、杏树虽高大繁茂，却不欺麦子。它的根直扎下去，不与麦子争夺地表层的养分。在它的庞大树冠下，麦子一片油绿。

有人说，南疆农民懒惰，地里长满了草。我倒觉得，这跟懒没关系，而是一种生存态度。在许多地方，人们已经过于勤快，把大地改变得只适合人自己居住。他们忙忙碌碌，从来不会为一只飞过头顶的鸟想一想，它会在哪儿落脚？它的食物和水在哪里？还有那些对他们没有用处的野草，全铲除干净，虫子消灭光。在那里，除了人吃的粮食，土地再没有生长万物的权利。

库车农民的生活就像他们的民歌一样缓慢悠长。那些毛驴，一步三个蹄印地走在千年乡道上，驴车上的人悠悠然然，再长的路，再要紧的事也是这种走法。不管太阳什么时候出来，又什么时候落山。田地里的杂草，就在他们的缓慢与悠然间，生长出来，长到跟麦子一样高，一样结饱籽粒。

在这片田野里，一棵草可以放心地长到老而不必担心被人铲除。一棵树也无须担忧自己长错位置，只要长出来，就会生长下去。人的粮食和毛驴爱吃的杂草长在同一块地里。鸟在树枝上做窠，在树下的麦田捉虫子吃，有时也啄食半黄的麦粒，人睁一眼闭一眼。库车的麦田里没有麦草人，鸟连真人都不怕，敢落到人帽上。敢把窝筑在一伸手就够到的矮树枝上。

一年四季，田野的气息从那些弯曲的小巷吹进老城。杏花开败了，麦穗扬花。桑子熟落时，葡萄下架。靠农业养活，以手工谋生的库车老城，它的每一条巷子都通往果园和麦地。沿着它的每一条土路都走回到过去。毛驴车，这种古老可爱的交通工具，悠悠晃晃，载着人们，在这块绿洲上，一年年地原地打转。永远跑不快，跑不了多远。也永远不需要跑多快多远。

不远的绿洲之外，是荒无人烟的戈壁沙漠。

阿格村夜晚

阿格村的空气布满浓浓的木头味道，仿佛那些白杨树晒了整天的太阳后打出一连串饱嗝。我们进村时天已经黑了一阵，村子里没电。在汽车的灯光里看见路边摆着剥了皮的白杨木，一摞一摞的，紧靠着林带。不时看见几个维吾尔族男孩坐在木头上，车灯扫过后他们又回到夜色中。看见一个穿红衣裙的女孩，跑过马路捡一样东西，又借着车灯跑回来。细细的腰身，半高个子，扭头朝汽车望一眼，脸圆圆的，眼睛黑黑，似乎这个晚上一过，她就会长大。我们再不会见到她。一朵暗处的花朵，她的美丽向更暗处开放，直至凋谢。还有那些在木头上玩耍的孩子，说着我们不明白的话语，暗暗地成长。我们不了解他们今天的晚上，就不会知道他们的明天。村子里没一点儿光明，夜浓得跟酽茶一样。头顶远远的星光照着他们，在白杨树哗哗的响声里，模糊、暗哑，看不清彼此，相互隐匿又心明无误。前半夜里说着后半生的事情，后半夜全是自己记不清的梦。我们只是偶然路经，在车灯的一晃中看见那些维吾尔族的童年身影，不知道他们什么时候聚在那里，又会在什么时候，悄然地散去。

再次看见他们是在另一天下午。他们或躺或坐在路边的白杨树下，满脸胡须，手里拿着镰刀。我们站在另一排白杨树下，隔着白热的阳光，听不清他们在说些什么。麦子长在身后的田野里，眼看要黄熟了，又好像还得些日子。他们手握镰刀，一天天地坐在那里等。对面是乡政府办公室。他们说着话，眼睛斜视着乡政府大门。我们进去办事，喝几杯茶出来，他们还在那里。书记的小车出去上一趟县城又回来他们还在那里。这一任乡长下台后一任上台他们还坐在那里。我们不知道他们在等待什么。一人一亩地的麦子，对这些维吾尔族壮汉来说显然不是件大事。毛驴的草和孩子的衣食也似乎不是什么太大的事，尽管地里的收成刚刚够吃饱肚子。除了老婆孩子和一头听话的毛驴，其余全部家产就只是房前屋后的白杨树了。那是另一层天空，白天绿荫覆盖，夜晚撑高月色，让哗哗的树叶声，带着一两句突兀的驴鸣狗吠，荡远又回来。就是那样的夜晚使我们之间变得遥远、陌生。白天我们有时走过去，跟他们一一握手，生疏地问答几句，用我们或他们的语言。我们想接近时，就会感受到那些不可交换的言辞与言辞之间，手与手、眼睛与眼睛、呼吸与呼吸之间，横隔着无数个我们看不清的遥远夜晚。在那些长夜里，他们坐在白杨树下，村子里没有灯光，偶尔的驴叫声打破暗夜的宁静。在更暗的夜里他们聚在树梢上面的高远星空，东一片西一片，发着不属于这个世界的微弱光明。我们再不会走过去，伸出手。那是一种永远的远，对于我们。

热斯坦巷早晨

不是我——是他们，在热斯坦巷的早晨醒来。穿过麻扎的阳光斜照进巷子，照在那些踮起脚便能望见的低矮房顶。拉客的毛驴车摇着响铃走过。最早迎着暗红曙色开门的阿依大妈，看见巷子里多少年不变的土路上，站着一个陌生汉族人。她扶着门框，探头朝外看一眼，又缩回身去把门关住。

一连两个早晨，天刚亮我便起身，跑到热斯坦街的那条小巷子里。我不知道我想看见什么，只是有一种隐隐的冲动，想赶在他们醒来之前，一个人静悄悄地走过那条巷子，一直走到麻扎那头，再回过身。

每次我都晚来一阵。我在路上听见清真寺的喊唤，那是在召唤人们做一天的早礼拜，巷子里突然变得安宁。出去的男人悄然回来，跪在一块方布上，朝西念拜。女人扫净院子，探身朝街上看一眼。那一刻，我清楚地感觉到，他们的生活，朝我不知道的一个方向推开窗户，他们享受着我看不见的阳光雨露。

热斯坦巷的早晨就这样开始。洒过水的地上尘土不起，男人做完一天的早礼拜，神情释然，着手忙尘间俗事：给毛驴添草、清扫驴圈、烧炉打铁、烤馕、戴帽子上街。

我没有可信仰的东西。已经好些年，我不知道一天从什么时候开始，又在什么时候结束。我有时睡到上午十点，有时躺到十二点起床。没有谁喊我醒来，醒来了也不知要做什么。这样的生活，我说不出它的不好。已经好些年，我仰起头，看见的仅仅是烈日、尘土和无精打采的闲云。偶然有一只鸟飞过，就让我十分高兴了。

热斯坦巷的男人们，高捧双手，仰目西天时看见的肯定比我更多。他们不告诉我。

告诉我了，我真会相信吗？

我只是一个过客，偶尔短暂地看见热斯坦巷的早晨，看见他们的一天，竟然这样开始。只是看看，并不能改变我的生活。我依旧会在自己的早晨沉睡不起，睡过上午、中午。在我没彻底睡醒之前，我并不希望被谁唤醒，不论它是鸡鸣狗吠，还是上天的声音。

在另一个夜晚，我和小兰走进热斯坦巷的昏黄月光。我让出租车停在路边，车灯熄了，我独自走到那片大麻扎旁，静静伫立。已经过了凌晨一点，一天最后的晚礼拜也做过了。热斯坦巷沉睡在月色里，高低起伏的麻扎和旁边的低矮房屋连在一起。

我又来晚一步，没有看见这一巷子人怎样睡去。我没听见清真寺做晚礼拜的喊唤。那个时刻，他们被什么声音召唤，全部跪入黑暗，身影一起一伏，口中的默念声震荡着空气。月亮东升，照着那些永远看不清的黑色背影。然后，整条巷子，几乎挨着地的窗户，窗户里的灯光一个个熄灭掉。我站在他们留给我的黑暗中，静静站立。月光厚厚地铺在地上，涂在残缺的拱北（墓）上，一片昏黄。好像起风了，插满在麻扎上的树枝轻轻摇晃，或许是我的身体在摇晃，觉得脚下空空的，像要飘走似的。

回到新城宾馆时，街上、大院里，依旧灯火通明。月亮高挂在天空，像跟我们没关系的一件东西，它的辉光，已经照不到这块地上。

那天晚上做了一夜的梦，看见从没见过的人们，一群一群，围坐在那里，说着我听不明白的话。他们从不抬头看我，我也看不见自己。不知道看见这些的那双眼睛，藏在哪个黑暗角落。头顶是一弯银白新月，我在那样洁净的月光中，仍旧找不到“看见”新月的那个我——他不在那里。

或许，这就是我的库车之行。我并不在那里。一切都像一场风，一场梦。它们并不能改变我的生活。

但是，在我依旧不会被谁唤醒的长梦中，我会反复经历我正短暂经历的一切。我会回到偶尔途经的那棵红桑树下，一年一年地，过我未曾过过的漫长日子。我会早早醒来，千百次地走进那座新月高悬的清真寺，跪在我不认识的人中间，一遍遍地默念我从未念想过的陌生真主。

我在那样的尘土中会有孩子，会有完整的属于身体和心灵的早晨夜晚，会有信仰和对神灵的虔诚敬畏。

如果我真的失去过什么——那就是我正看见却从未经历的一切。

逛巴扎

库车的万人巴扎（集市）许多年前便在全疆闻名。每逢周五，千万辆毛驴车从远近村镇拥向老城。田地里没人了，村子里空掉了，全库车的人和物产集中到老城街道上。街上盛不下，拥到河滩上。库车河水早被挤到河床边一条小渠沟里，人成了汹涌澎湃的潮水，每个巴扎日都把宽阔的河滩挤满。

库车四万头毛驴，有三万头在老城巴扎上，一万头奔走在赶巴扎的路上。一辆驴车就是一个家、一个货摊子。男人坐在辕上赶车，女人、孩子、货物，全在车厢上。车挨车、车挤车，驴头碰驴头，买卖都在车上做。

库车县每星期有七个大巴扎。周五老城巴扎，周六东河塘巴扎，周日牙哈乡巴扎，周一玉奇乌斯坦巴扎，周二阿拉哈格巴扎，周三齐满乡巴扎，周四哈尼哈塘木巴扎，周五又转回老城。

库车的物产，大多半就装在那些毛驴车上，不停地在全县转。从一个乡到另一个乡，从一个巴扎到另一个巴扎，把驴蹄子都跑短了。

一筐半生西红柿，转遍七个巴扎回来，就彻底红透了。价格却由原先每斤一块掉到七毛。

半麻袋黄瓜，转上三个巴扎卖不完，剩下的只能喂驴了。

熟透的杏子，一两个巴扎卖不出去，就全烂在筐里。一大早摘的无花果，卖到中午便不能看了。越鲜美的东西就越难留住。

最禁卖的是那些干货：葡萄干、杏干、无花果干，还有麦子、苞米、枣、巴坦木。能从一个巴扎到另一个巴扎，无限期地卖下去。今年的新杏干已经上货，去年前年的旧杏干，还剩在谁手里，摊开、收起、再摊开。

在老城的贫穷日子里，总有一些食物富余到来年卖不出去。想吃它的人没钱，把一口食欲压抑到明年。有钱的人早吃够了。去年冬天，谁的嘴没嚼上一口酸甜杏干，今年夏天他是不是补上了。

那些各种各样的干果，在轮回的转卖中，在库车特有的烈日和尘土下，渐渐有了一种古旧的色泽，它更耐看了。只是，它的甜不知还在不在里面。一年年的尘土落在上面，却看不见。仿佛那些尘土被它吸收，成了它的一部分。在老城那些世代相传的买卖人手里，有没有半筐一千年前的杏干，一直卖到今天。

我有幸一次次地走进老城巴扎。我不买什么东西，也没啥要卖的。我和那些喜欢逛巴扎的维吾尔族人一样，只是逛一种闲情。看哪儿人多，热闹，就凑过去。

并不是每个人上巴扎都做生意。

每个巴扎都是一个盛大节日。

女人在巴扎上主要为了展示自己的服饰和美丽，买东西只是个小小的借口。女人买东西，一个摊位一个摊位地挑，从街这头到那头，穿过整个巴扎，再转回来，手里才拿着一点点东西。

年轻小伙上巴扎主要看漂亮女人。

没事干的男人，希望在巴扎上碰到一个熟人，握握手，停下来聊半天。再往前走，又遇到一个熟人，再聊半天，一天就过去了。聊高兴时说不定被拉到酒馆里，吃喝一顿。

我到巴扎上什么都看，什么声音都听，遇到新鲜事情就蹲下来仔细打问。我觉得，我比那些在巴扎上收税的戴大盖帽的税务员，更了解这些做小买卖的。一次，我看见几个税务员，从一位卖奥斯曼草的妇女手里，强收了三块钱的工商税。最后，那个妇女收拾起卖剩的几小束奥斯曼草，哭着回家去了。

我不知道那个妇女的家庭情况，不知道那三块钱对她意味着什么。但我清楚，那些卖奥斯曼草的妇女，一天都挣不了三块钱。

当然，巴扎上更多的是热闹，是有意思的事情，我随便写了几件，有兴趣你就看看。就像公驴上巴扎主要不为拉车而是为了看年轻母驴，谁在巴扎上都有自己的兴趣，别人并不十分清楚。

最小的生意

早晨，我走过沙依巴克街时，看见一位维吾尔族妇女，面前摆着几小把奥斯曼在卖，几个年轻女人围着挑选，已经卖出去一把，收回来五毛钱。我数了数，她总共有七小把奥斯曼，全卖完能收入三块五毛钱，其中的本钱是多少我就不知道了，或许是她自己种的，或许是两三毛钱一把从别处批发的，守一天卖掉，挣一块多钱。

这还不是最小的生意。离她不远，另一位蒙面妇女，面前摆着拇指粗细的七八把香菜，一把卖两毛钱，菜叶上洒了水，绿莹莹的。看装束是城里妇女，或许从赶集的农民那里，四毛钱买来一把香菜，再分成更小的七八把，摆在街上卖。

下午我转过来时，见她面前还摆着两小把香菜，叶子已经蔫了，看样子卖不掉了。街上人已经不多，她挪动着身子，像有收拾回家的意思，又抱着一点点希望，等着朝这边走来的几个人。

我大概算了算，她这笔买卖，除掉本钱，最多挣八毛钱，还赚了两小把香菜，够晚上做羊肉揪片子用了。

还有一个卖针线的小女孩，几十根不同大小的针，插在一顶小花帽上，每根针上穿一截不同颜色的线。一根针卖几分钱，一根一根地卖。

我离开巴扎时，看见那个抱了一只歪葫芦，卖一天没卖掉的老汉还坐在墙根。他看上去表情安静，目光平和地望着街上渐渐散去的人，又像望着更远处我不知道的什么地方。他的歪葫芦在夕阳下发着红色艾德莱丝绸的光泽。我知道这种老式葫芦，已经很少见了，知道它香甜味道的人也可能不多了。

明天后天，这只葫芦和这个老汉，还会出现在周边乡镇的巴扎上。下一个礼拜五，说不定他又转回来，坐在这个墙根，还抱着那只歪葫芦。

我没上前去问那只葫芦的价格。我知道不会太贵，三块两块，就买来了。

老式瓜菜

在沙依巴克街的瓜菜市场上，老式的西红柿、甜瓜、土毛桃，矮小的芹菜、萝卜，一筐一筐摆在那里。几十年前我们吃过的那些未经“改良”的瓜菜，几乎都能在这里找到。我看到一位农民，筐里放着几个又小又难看的甜瓜。我觉得眼熟，问名字，“克克奇”。我小时自家的菜园里就种过这种叫克克奇的小甜瓜，秧扯得不长，瓜也小小的，一棵秧上结三四个。奇甜，还有一种很浓郁的特殊香味。

那时候，在一些人家的小菜园里，总有几样别人家没有的稀罕瓜菜。都是些古老品种，靠主人一年年地传种下来。我们家的克克奇，就是母亲每年拣最甜最饱满的瓜留下种子，在窗台上晾干，来年再种，可是后来就再见不到了。我们都不知道是哪一年忘记种了。那种特殊的浓郁香甜味，从我们的生活中消失的时候，竟都没有被察觉。

库车这块土地上是否还遗留着一座人类古老的菜园子，我们喜爱的那些在别处早已绝迹的老式瓜果蔬菜全长在那里。

但我知道，那些珍贵的种子，只保存在个别一些农人手里。他们喜爱那些土瓜果，每年在自家菜园种几棵，产量不高，果实也不大，卖不了几个钱。只是自己喜欢那种味道，就一年年地种了下来。如果有一年他们忘记种了，或者，他们仅有的几颗种子叫老鼠偷吃了，一种作物便会从这片土地上消失。

我们培育改良的又大又好看的瓜果长满大地。它们高产，生长期短，适合卖钱，却不适合人吃，它把人最喜爱的那些味道弄丢掉了。“改良”的结果是，人最终会厌恶土地，它再也长不出人爱吃的东西。

事实就是这样，我们改良成功一种物种，老品种便消失了。没有谁负责为那些老品种留下样种，到最后，我们都不知道人类最初吃的是什么样的东西。

如果改良错了，路走绝了，我们从哪里重新开始。

当年政府用高大的关中驴改良库车小毛驴时，就是因为有许多驴户抵制，许多母驴自发反抗，跑到庄稼地和草湖躲藏起来，才会有古老可爱的库车毛驴保留到今天。

但作物不会躲藏，它们只有消失，永远消失。

坎土曼的卖法

那些摆在街边待卖的坎土曼，每一只一个样子，整整齐齐摆着。这只被买走了，那只依旧静静待着。它们似乎早就知道自己最终在哪块地里挖卷刃子，所以一点不着急。

卖坎土曼的老人也早知道了自己的命运，他更不着急。坐在摆放整齐的坎土曼后面，双眼微眯。他不吆喝，也不还价。大坎土曼十八块，小的十五块，就这个价钱这个货，没啥好商量的。卖掉一只算一只，卖不掉的，傍晚收回家去，第二天又摆在这块地方。他从不挪窝，错过的人有的是时间再回头。钱不够的人，也有足够的时间去把钱凑够。他唯一要做的一件事就是等。等到坎土曼生锈，落满沙土。等到那些挑剔的人，转遍全库车的铁器摊铺再回来。等到库车河边的引水大渠，被泥沙淤死。又要新开一条百里长渠了，全县一半劳力投入挖渠，坎土曼又一次派上大用处，供不应求。

他的坎土曼按大、中、小三排，在地上摆成整齐的梯形，卖掉一只，他会从铁匠铺进一只补上，卖得再多梯形也不会残缺。这是他的牌子，几十年不变。那些低头转街的人，只要路过这儿，看见坎土曼摆成的梯形，就知道是他的摊子，价格、货都不用问，想买的挑选一只，钱一付就走，不会有任何变动。

那些卖坎土曼的，没有招牌，没有铺子，就街边一小块空地，东西就地一摆，但每个人都摆卖出一种样子，绝不会有重复。

你看那个大热天戴皮帽子的老汉，他的坎土曼沿街边摆成一长溜子，从小往大排过去，他蹲在尽头，像一只最大号的坎土曼。买货的人从那头挑选过来，好一阵才能走到这头。

那个光头巴郎（男孩）的坎土曼，一只一只插在地上，好像每一只都正在挖土，远远看去有上百只坎土曼在挖那块地。

而另一位白胡子老汉的坎土曼，也是立在地上卖，却全部刃口向上，仿佛干完了活，全都白刃朝天晒太阳呢。

还有的坎土曼挂在墙上卖，像一张张维吾尔族人的铁青脸谱。

只要这条街道不变，卖坎土曼人的摊位就不变，每个摊子上坎土曼的摆法更不会变。一个一个巴扎，一年又一年地摆卖下去，就成了这条老街上的名牌摊铺，全库车人都会知道。远在塔里木河边草湖乡的农民，活儿干累了靠在埂子上，边抽莫合烟边摆弄自己的坎土曼：我这把嘛，是在老城“一长溜子”上买的，快得很，一点点泥巴都不沾。我的坎土曼嘛，另一个说，是在“梯形”那里买的，钢硬得很，挖柴火时当镢头一样用，从来不卷刃子。

能变成钱的东西

各种各样的吃食，冒着香味儿等候那些嘴和肚子。有钱人吃的抓饭、拌面、缸缸肉，没钱人吃的馕、羊杂碎。在以抓饭闻名的乌恰市场，我看见几个妇女卖煮熟的洋芋蛋，两毛钱一个，四毛钱、六毛钱就吃饱肚子——老城的穷人给乡下来的更穷的人们备下简单实在的廉价食物。

赶一天巴扎不能空着手空着肚子回去。

有数的两筐杏子，一麻袋青菜，价格卖好了能吃一盘素抓饭、两个烤包子，卖不好就只有啃自带的干馕子。收成是可以想到的，一年里只有几样东西变成钱：不多的几棵树上的杏子、一小畦没种好的辣子和西红柿。地里的麦子刚够自己吃，埂子上的几行苞谷，早掰掉煮青棒子吃了。屋后的白杨，长粗还得几年。几只土鸡的蛋，一个个收起来，还不够换茶叶和盐。儿子眼看就长大了，要盖房子娶媳妇。对于大多数人，永远不会有意外的收入。只有可以想到的一些损失：那些杏树中的一两棵，杏花被大风吹远，白长一年。不坐果的杏树，密密麻麻长满叶子，遮阳光、挡风雨，秋天落下来，喂羊喂驴。还有那几亩麦子，种不好了一半是草，种再好也不会有剩余的，总要损一些养活鸟和老鼠，这些都在意料之中。一年一年，几袋麦子一两只羊，陪伴一家人的日子。父亲老掉了，儿女莫名其妙长大，不会有更多的快乐幸福，但也不会再少。县上的统计报表中，有这些贫困村庄的人均收入，少得不能再少。有没有一份报表，统计这些人的笑声。他们一年能笑多少回，今年和去年的笑声，是否一样多，哪一年人们的笑声减少了。有没有人去问问那些忧郁沉默的人，你怎么不笑，怎么好长时间听不见你的笑声了。有没有人去问那些快乐欢笑的人，你高兴什么呢，有什么高兴事让你一年四季笑个不停。

眉毛的粮食

有一种叫奥斯曼的草，维吾尔族人称它为“眉毛的粮食”，据说有生眉养眉的功效。在库车农村，几乎每家房前屋后都种一些，女人们用奥斯曼的叶汁涂抹眉毛，久而久之，眉毛便像吸足了养分的庄稼一样，变得乌黑发亮。

这种“眉毛的粮食”学名叫菘蓝，株秆粉红，叶子深绿，种在庭院里既可当花欣赏，又随时随地可采叶描眉。一位妇女，只需种三五株就够一年用了，用不完的拿到巴扎去卖。扎成小束，一束卖五毛钱。城里妇女们的眉毛比乡下妇女更饥渴，她们有的在花盆里种几株，解燃眉之急，更多的要到巴扎去买。老城巴扎的奥斯曼生意经久不衰，每年都有许多妇女做这种无风险的小生意，靠别人的眉毛挣钱过日子。

冬天眉毛“吃”什么呢。维吾尔族妇女在春天花红叶绿之时，便采集大量的奥斯曼鲜叶，用挤压出的叶汁拌以适当羊油，制成不腐不烂的眉膏，以备冬天之用。另一种储存方式是像烟叶一样晒干存放，但涂眉效果不如前者。

在巴扎上，还能买到一种特殊的头油，是用沙枣树的树胶制成的。据说用这种头油抹出的头发又黑又亮，还有股沙枣花的浓香。

维吾尔族女子最引人注目的美是那双眼睛，而使眼睛熠熠生辉的则是那两弯令人惊异的浓黑眉毛。眉是五官最上一官，美容先美眉，维吾尔族妇女似乎天生就知道这个道理。在库车小巷，常看到三两个维吾尔族女人迎面走来，还看不清五官容颜时，便已被她们的浓黑眉毛吸引。待走到跟前，眉毛下又黑又深又大的眼睛，笔挺的鼻子，棱角分明的嘴唇，那样的容貌，让人很难移开眼睛，移开了也还会再一次追望上去。

按维吾尔族人的古老传说，女孩双眉间距离，决定了日后婚嫁的远近。两条眉毛隔得远的女孩子，一定会嫁到很远的地方。母亲总是希望女儿留在身旁，所以女儿一出生，母亲便用奥斯曼叶汁涂抹她的眉毛，稍大一些，女孩便学会自己用奥斯曼涂抹眉毛。日复一日，年复一年，长大的女儿两弯秀眉紧紧相连，嫁去的地方喊一声就能听见。

如今，这种“眉毛的粮食”已被制成眉笔、眉膏，价格很贵。库车老城的女人们，仍旧喜欢用新鲜奥斯曼的叶汁涂抹眉毛。那些自然的东西，机器一加工便变质了。

喀纳斯灵

一、风流石

景区康剑主任盯着这块石头看了好多年。他在这一带长大，小时候他看这块石头会害羞脸红，觉得那块像男人的石头爬在像女人的石头上，耍流氓。长大以后他觉得石头的姿势美极了，他是一位摄影家，拍了好多张石头的照片，最美的一张是黄昏时分，抱在一起的男女石头人，裸露身体，在霞光彩云的山坡上做着天底下最美的事儿。

康剑说，这个石头叫风流石，也有人叫情侣石。

我说，叫风流石好。风流自然。石头的模样本来就是风流动造化的，风是这里的老住户，山里的许多东西是风带来的。

康剑让我给风流石写篇美文。

我说，提两句诗吧。我想起陆游的诗句：花若解笑还多事，石不能言最可人。我把“可人”该成“风流”，石不能言最风流。两句改写的古诗就这样轻易地刻在了景点的巨石上。这是我的字第一次刻上石头，心中的忐忑与激动跟30年前我的诗第一次变成铅字发表时一样。

石头有了名字和题诗，它还需要一个传说。

我们在山谷里找两块石头的传说。这样绝妙造化的石头不可能没有传说。以前我在新疆其他地方，也干过类似的活儿。这里的游牧人，自古以来，用文字写诗歌，却很少用它去记时间历史。时间在这里是一笔糊涂账，有的只是模糊的传说。

传说有两种方式，口传和风传。

口传就是口头传说，从一张嘴传到另一张嘴。一个故事传几代几十代人，或者传走调，或者传丢掉。

传走调的变成另一个故事，继续往下传。传到今天的传说，经过多少嘴，走了几次样，都无法知道。有时一个传说在一条山谷的不同人嘴里，有不同说法。在另外的地方又有另外的说法。俗话说，嘴是两张皮，咋说咋有理。又说，话经三张嘴，长虫也长腿。长虫就是蛇，蛇经过三张嘴一传，就长出腿了。传到今天的传说，已经是长了无数腿的长虫。

风传是另一种隐秘古老的传递方式。口传丢的东西，风接着传。这里的一切都在靠风传。风传播种子，传扬尘土，传闲话神话。风从一个山沟到另一个山沟，风喜欢翻旧账，把陈年的东西翻出来，把新东西埋掉。风声是这里最老的声音，所有消失的声音都在风声里。传说是那些消失的声音的声音。据说古代萨满能听懂风声。萨满把头伸进风里，跟那些久远的声音说话。

我也把头伸进风里。

这个山谷刮一种不明方向的风，我看天上的云朝东移，一股风却把我的头发往南吹。可能西风撞到前面的大山上，撞晕了头。我没在山里生活过，对山谷的风不摸底。我小时候住在能望见这座阿勒泰大山的地方。那是准噶尔盆地中央的一个小村庄，从我家朝南的窗户能看见天山，向北的后窗望见阿勒泰山。都远远地蹲在天边，一动不动。我那时常常听见山在喊我，两边的山都在喊我。我一动不动，待在那里长个子，长脑子。那个村庄小小的，人也少。我经常跟风说话。我认得一年四季的风。风说什么我能听懂。风里有远处大山的喊声，也有尘土树叶的低语。我说什么风不一定懂，但它收起来带走。多少年后，我听到自己的声音，它走遍世界被相反的一场风刮回来。

长大后我终于走到小时候远远望见的地方。再听不见山的呼唤，我自己走来了。

传说能对风说话的人，很早以前走失在风中。风成了孤独的语言，风自言自语。

在去景区半道的图瓦人村子，遇见一个人靠在羊圈栏杆上，仰头对天说话。我以为见到了和风说话的人。

翻译小刘说，他喝醉了。

一大早就喝醉了？我说，你听听他说什么。

小刘过去站了一会儿。

小刘说，他在说头顶的云。他让它“过去”“过去”。云把影子落在他家羊圈上，刚下过雨，他可能想让羊圈棚上的草快点晒干吧。

风流石的传说是我在另一个山谷听到的。我们翻过几座山，到谷底的嘉登裕时，风也翻山刮到那里。云没有过来，一大群云停在山顶，好像被山喊住说啥事情。我看见山表情严肃，它给云说什么呢。也听不清。

我把头伸进风里。

二、传说

牧主的儿子哈巴特风流成性，经常在附近牧场勾引少女，抱到山石上寻欢。牧民们认为哈巴特的行为败坏风俗，便从喀纳斯湖边请来一男一女两个萨满巫师，惩治哈巴特。男萨满目睹哈巴特的行为后，摇摇头走了。男巫师说，我能降妖除魔，但我降服不了人的情欲。

女萨满巫师留下来。女巫师装扮成美丽少女，在草场放牧，被哈巴特勾引去。正当哈巴特和少女寻欢时，女巫师现出原形。哈巴特看到刚才还水灵灵的美丽少女，转眼间又老又丑，惊恐不已。可是，这时哈巴特已经跑不掉了，他被女巫师牢牢抱住，就这样过了一千年又一千年，哈巴特还是没有从这个又老又丑的女巫师身上脱身。

民间传说女萨满巫师用一种“锁”的法术，把哈巴特的身体牢牢锁住。哈巴特所以能勾引那么多痴情少女，是因为哈巴特有一把闪闪发光的金钥匙，女人都很难经受金钥匙的诱惑，它轻易地打开少女的心灵和情欲之锁。可是，女巫师的锁不一般，它专门锁钥匙，钥匙插进去，锁就把钥匙锁住，拔不出来。被牢牢锁住的哈巴特就像青蛙一样爬在女巫师上面，他使多大劲都无法脱身。

哈巴特的父亲听说心爱的儿子被女巫师锁住，从喀纳斯湖边请来另一个萨满巫师，萨满目睹这一情景后说：我能救苦救难，但被女人锁住的男人，我救不了。

哈巴特和他身下的女人，就这样紧紧抱了千万年，双双变成石头。

变成石头的哈巴特，还是被牢牢锁住。早些年牧场的人嫌这两块男女石头抱在一起不雅观，把未成年的孩子都教坏了。几个成年人扛木头撬杠上来，想把两个石头分开。折腾了半天，累得满头大汗，石头丝毫未动。前几年修公路，工人想把上面那块石头搬下来垫路基，吊车开上去，钢丝绳绑在石头上，却怎么也吊不起来，上面的石头紧紧连在下面的石头上。听说还有人拿了一包炸药，放在两块石头中间，爆炸声把草场的牛羊都吓惊了，两块石头仍然紧抱在一起。

自那以后再没有人敢动这块石头。它成了受人敬畏的神石。当地人都叫它们风流石。也有人叫它们情侣石。都没错。即使没有这个传说，两块石头这样抱几千年几万年，也早抱出感情。你看它们还是很动情的样子。

相传这块石头有一种神奇魔力，女人只要虔诚地盯着它看三分钟，就能获得一种锁住男人的魅力，让男人永生永世对自己不离不弃。当地的女人，发现男人有外遇就来看这块石头。眼睛一眨不眨地看三分钟，看完回去后，男人的心和身体都回来了。渐渐地，石头的魔力被外面人知道，好多家庭不和情感不顺的女人，都来看这块石头。有的还带着自己的丈夫或男友来看。据说男人看过这块石头，都吓得不敢风流了。

三、湖怪

湖怪伏在水底，我们不知道它是什么。它也不知道我们是什么。它偶尔探出水面，望望湖上的游艇和岸边晃动的人和牛马。它的视力不好，可能啥都看不清。可它还是隔一段时间就探出来望一望。它望外面时，自己也被人望见了。人的视力也不好，看见它也模模糊糊。我们走访几个看见湖怪的人，都描述着一个模糊的湖怪样子。这个模糊样子并不能说明湖怪是什么。

在喀纳斯，看见湖怪的人全成了名人。好多人奔喀纳斯湖怪而来，他们访问看见湖怪的人。没看见湖怪的人默默无闻，站在一旁听看见湖怪的人说湖怪。

牧民耶尔肯就没看见过湖怪，他几乎天天在湖边放牧，从十几岁，放到五十几岁，湖怪是啥样子他没见过。他的邻居巴特尔见过湖怪，经常有电视台记者到巴特尔家拍照采访，让他说湖怪的事。每当这个时候，没看见湖怪的耶尔肯就站在一旁愣愣地听。听完了又回到湖边去放牧。他时常痴呆地望着喀纳斯湖面。他用一只羊的价钱买了一架望远镜，还随身带着用两只羊的身价买的数码照相机。他经常忘掉身边的羊群，眼睛盯着湖面。可是，他还是没有看见湖怪。湖怪怪得很，就是不让他看见。比耶尔肯小十几岁的巴特儿，在湖边待的时间也短，他都看见好多次湖怪了，耶尔肯却一次也看不到。

水文观察员很久前看见湖怪探出水面，他太激动了，四处给人说。有一天，当他把看见湖怪的事说给湖边一个图瓦老牧民时，牧民盯着他看了好一阵，然后说："你这个人怪得很，看见就看见了，到处说什么。"水文观察员后来就不说了，别人问起时直摇头，说自己没看见湖怪，胡说的。

但图瓦老牧民的话被人抓住不放。这句话里本身似乎藏着什么玄机。图瓦老人为什么不让人乱说湖怪的事。湖怪跟图瓦人有什么关系？湖怪传说的背后，似乎隐藏着一个更大的怪。这个怪是什么呢？

我们去找那个不让别人说湖怪的图瓦老人。只是想看看他。没打算从他嘴里知道有关湖怪的事。一个不让别人说湖怪、生怕别人弄清楚湖怪的人，他的脑子里藏着什么怪秘密？

可惜没找到。家里人说他放羊去了。

“那些说自己看见湖怪的人，一个比一个怪。不知道他们以前怪不怪，他比别人多看见了一个东西。这个东西是多少人想看见但看不见，他也许没想看见但一抬头就看见了。看见了究竟是个什么？又描述不出来。只说很大。离得远。有多远？没多远。就是看不清。有人说自己看清楚了，但说不清楚。”康主任说。

康主任领导着这些看见湖怪和没看见湖怪的人。他当这里的头儿时间也不短了，湖怪就是没让他看见过。

我们坐游艇在湖面转了一圈，一直到湖的入口处，停船上岸。那是一个枯木堆积的长堤。喀纳斯湖入口的水不大也不深。湖就从这里开始，湖怪也应该是从这里进来的吧。如果是，它进来时一定不大，湖的入口进不来大东西。而喀纳斯湖的出口，也是水流清浅。湖怪从出口进来时也不会太大。那它从哪来的呢，那么巨大的一个怪物，总得有个来处。要么是从下游游来，在湖里长大。要么从山上下来，潜进水里。以前，神话传说中的巨怪都在深山密林中。现在山变浅林木变疏，怪藏不住，都下到水里。

潜在湖底的怪好像很寂寞，它时常探出头来，不知道想看什么。它的视力不好。人的视力肯定比它好，但水面反光，人不容易看清楚。游艇驾驶员金刚看见湖怪的次数最多，在喀纳斯他也最有名，他的名字经常在媒体上和湖怪连在一起。他也经常带着外地来的记者或湖怪爱好者去寻找湖怪，但是没有一次找到过。尽管这样，下一批来找湖怪的人还是先找到金刚，让他当向导。金刚现在架子大得很，遇到小报记者问湖怪的事，都不想回答，让人家看报纸去，金刚和湖怪的事都登在报纸上。

我们返回时湖面起风了，一群浪在后面追，喀纳斯湖确实不大，一眼望到四个边。这么小的湖，会有多大的怪呢？快靠岸时，康剑很遗憾地说，看来这次看不到湖怪了。康主任希望湖怪能被我们看见。他认为让作家看见了可能不一样。作家也是人里面的一种怪人。作家的脑子是一片深不见底的大湖，湖底全是怪。作家每写一篇东西，就从湖底放出一个怪。我们这个世界，还有那么多人对作家的头脑充满好奇，像期待湖怪出水一样期待作家的下一个作品。他们也很怪，盯住一个作家的头脑里的事情看，看一遍又一遍，直到作家的头脑里再没怪东西冒出来。天底下的怪和怪，应该相互认识。康主任想看看作家看见湖怪啥样子，喊还是叫，还是见怪不怪。可能他认为怪让作家看见，算是真被看见了。作家可以写出来。其他看见湖怪的人，只能说出来。而且一次跟一次说的不一样。好像那个怪在看见他的人脑子里长。那些亲眼看见湖怪的人，对别人说一百次，最后说得自己都不相信了。好像是说神话和传说一样。

我是相信有湖怪的，我没看见是因为湖怪没出来看我。它架子大得很。它不知道我是什么东西。我的名字还没有传到水里。我脑子里的怪想法也吓不了湖里的鱼。但我知道它。如果我在湖边多待些日子，我会和它见一面。我感觉它也知道我来了。它要磨蹭两天再出来。可我等不及。我离开的那个中午，它在湖底轻轻叹了口气，接着我看见变天了。

回来后我写了一首《湖怪歌》。

湖怪藏在水底下
人都不知道它是啥
它也不知道人是啥

有一天，湖怪出来啦
它也不知道它是啥
人也不知道人是啥

就几句，套进图瓦歌曲里，反复地唱。这是唱给湖怪的歌。也是湖怪唱的歌：它不知道人是啥。

四、灵

我闻到萨满的气味。在风中水里，在草木虫鸟和土中。这里的一切被萨满改变过。萨满把头伸进风里，跟一棵草说话，和一滴水对视，看见草叶和水珠上的灵。那时候，灵聚满山谷和湖面。萨满走在灵中间。萨满的灵召集众灵开会。萨满的灵能跟天上地上地下三个层面的灵交往，也能跟生前死后来世的灵对话。

树长在山坡，树的灵出游到湖边，又到另外的山谷。灵回来时树长了一截子。灵不长。灵一直那样，它附在树身上，树不长时灵日夜站在树梢呼唤，树长太快了它又回到根部。灵怕树长太高太快。长过头，就没灵了。有的动物就把灵跑丢，回到湖边来找。动物知道，灵在曾经待过的地方。灵没有速度，迟缓，不急着去哪儿。鸟知道自己的灵慢，飞一阵，落到树上叫，鸟在叫自己的灵，叫来了一起飞。灵不飞。灵一个念头就到了远处，另一个念头里回到家。有人病了，请萨满去，萨满也叫，像鸟一样，兽一样叫。病人的灵被喊回来，就好了。有的灵喊不回来，萨满就问病人都去过哪儿。在哪儿待过。丢掉的灵得去找。一路喊着找。

当年蒙古人去西方打仗的时候，灵就守望在出发的地方。蒙古人跑得太快，灵跟不上。但蒙古人带着会召集灵的萨满。横扫西方的蒙古大军其实是两支队伍，一支是成吉思汗统领的骑兵，一支是萨满招引的灵。这支灵的部队一直左右着蒙古骑兵。西方人没看见蒙古人的灵，灵太慢了，跟不上飞奔的马蹄。蒙古人在西方打了两年仗了，灵的部队才迟迟翻过阿勒泰山，走到额尔齐斯河谷的喀纳斯湖。

灵走到这里就再不往前走。蒙古人最终能打到哪里是灵决定的。那些跑太远的蒙古骑兵感到自己没魂了，没打完的仗扔下赶紧往回走。回来的路跟出去的一样漫长。

喀纳斯是灵居住的地方。好多年前，灵聚在风里水里。看见灵的萨满坐在湖边，萨满的灵也在风里水里。萨满把灵叫“腾”。打仗回来的蒙古人带着他们的“腾”走了，过额尔齐斯河回到他们的老家蒙古高原。没回来的人“腾”留在这里。灵也有岁数。灵老了以后就闭住眼睛睡觉。好多灵就这样睡过去了。看见灵的眼睛不在了。召唤灵的声音不在了。没有灵的山谷叫空谷。喀纳斯山谷不空。灵沉睡在风里水里，已经好多年，灵睡不醒。

来山谷的人越来越多，人的脚步嘈杂唤不醒灵。灵不会这样醒来。灵睡过去，草长成草的样子，树长成树的样子，羊和马，长成羊马的样子。人看喀纳斯花草好看，看树林好看，看水也好看。一群一群人来看。灵感到人是空的，来的人都是身体，灵被他们丢在哪里了。灵害怕没有灵的人。没有灵的人啥都不怕。啥都不怕的人最可怕，他们脚踩在草上不会听到草的灵在叫，砍伐树木看不见树的灵在颤抖。

一只只的羊被人宰了吃掉。灵不会被人宰了吃掉。灵会消失，让人看不见。

灵在世界不占地方。人的心给灵一个地方，灵会进来居住。不给灵就在风里。人得自己有灵，才能跟万物的灵往来。萨满跟草说话。靠在树干上和树的灵一起做梦。灵有时候不灵，尘土一样，唤不醒的灵跟土一样。

神是人造的，人看出每样东西都有神，人把神造出来。人造不出灵。灵是空的。空的灵把世俗的一切摆脱干净，呈现出完全精神的样子。灵是神的精神。人造神，神生灵，灵的显像是魂。灵以魂的状态出现，让人感知。人感知到魂的时候，灵在天上，看着魂。人感知的魂只是灵的影子，灵是空的，没有影子。灵在高处，引领精神。人仰望时，神在人的仰望里，而灵，在神的仰望里。通灵先通神。过神这一关。也有直接通灵的。把神撇在一边。萨满都是通神的。最好的萨满可通灵。

五、树

萨满想让一个人死，他不动手。他会让一些坏事情，发生在他认为的坏人身上。

萨满知道湖边一棵大树要倒，今天不倒明天倒，今年不倒明年倒。那个他想让他死的人，经常在湖边走。萨满头伸进风里，眼睛闭住，像在算一道复杂的算术题，最后，他会算到这一刻：那个人刚好从树下经过的时候，树倒了。在这中间萨满做了什么手脚我们不知道。那个人一千次地从树下走过，树没倒。树倒的时候没到，还差蚂蚁咬一口，那窝蚂蚁在树上，每时每刻都在咬树。还差风推一把，风也时常在刮。这些事情都准备好，该那个人走来了，咋样让那个人就在蚂蚁咬最后一口、风推最后一把的时候，正好从树下走过呢。这中间萨满做了什么没人知道。人们只知道那人被树压死了。

早年，萨满说一个牧民会被树压死。牧民不敢在山里待了，跑到山外草原上放牧，那里没有一棵树，有树的地方牧人躲开不去。牧人这样生活了好些年，有一天，一匹马拉着一根木头从山上下来，牧人看上了它，就用一只羊换了来。木头粗粗短短的，牧人也没想它有啥用，反正毡房旁放一根木头，也不多余。再说，躺在地上的木头，总不会压人吧。

可是有一天，牧人躺在离木头不远的地方打盹，木头突然滚动起来，开始很慢，接着越滚越快，直接从牧人身上压过去，牧人当即死了。

木头为啥会滚动。牧民的毡房在一个斜坡上，木头买来后，牧人特意在木头一边垫了一堆土，把木头堰住。挖土时挖到了蚂蚁窝，蚂蚁生气了。蚂蚁全体出洞，用几个月时间，把牧民堰在木头下面的土掏空，又搬到以前的地方。蚂蚁干这些事情时牧民并不知道。山里的萨满肯定知道。堰木头的土掏空了，木头还是不会自己动。木头需要一点点外力，让自己滚一下，然后木头就会滚起来，越滚越快，一直滚到大坡下面，再借势滚到对面的半坡上，木头盯着那个地方望了很久了，木头知道自己的下一站是那面坡上的一丛青草中，它将在那里腐朽掉。

木头在等这个外力。牧人有两个孩子，每天在木头上爬上爬下，有时站在一边推，两个孩子想把木头推动。可是，木头被土堰住，两个孩子小小的没有力气。但孩子不甘心，每天推一下。两个孩子正长个子长劲，相信有一天木头会被他们推动。牧人知道儿子在长个子长劲，木头也知道。木头在等。牧人不知道木头在等。山里的萨满肯定知道。

这一天，牧人躺在那里打盹的时候，木头被推动了，两个孩子吃惊地看见木头滚起来，越滚越快，很快从躺在草地的父亲身上滚过去。

喀纳斯最后一个萨满，在1982年死了。我们走访的几位老人，都还记得萨满的样子，萨满给人和牛羊看病，萨满在风里跳舞，召集山里的灵过来说话。萨满让没有灵的人看见灵。

萨满的灵与他们交流。萨满自言自语。

我感到萨满的灵还在山谷，他那时看到的灵，还附在那些事物上，只是，萨满不在。我们顶多走到草地，走到牛羊和桦树身边。走到灵的路，要萨满引领。萨满不在，走向灵的路被他带走了。

我没见过真正的萨满。萨满活到今天，我应该和他认识。

六、山

在自然界中，山最不自然。从我进阿勒泰山那时起，就觉得山不自然。它的前山地带没一座好山，只是一堆堆山的废料。山造好了剩下的废料堆在山前。堆得不讲究。有些石头摞在别的石头上，也没摞稳，随时要坠下来的样子。有的山和山，挨得太近，有的又离得太远，空出一个大山谷。好在山和山没有纠纷，不打架。高山也不欺负矮山。山沟与山沟靠水联系。山没造好，水就乱流，到处是不认识的河谷。

有的山看上去没摆好姿势，斜歪着身子，不知道它要干啥。是起身出走，还是要倒头睡下。这些大山前面的小山，一点没样子。而后面的大山又太大，地太小，山只能趴在那里。阿勒泰山就这样趴着，它站起来头和身子都没处放。坐下也不行，只能趴着。像山这么大的东西，可能趴下舒服一些。我从远处看阿勒泰山是趴着的，走进山里，山在头顶，仍然看见它是趴着的。它站起来头会顶到天外面去。可能天外面也没地方盛放它。我们人小，站起趴下都在它的怀抱里。

山的怀抱是黑夜。夜色使山和人亲近。山黑黝黝地蹲在身旁，比白天高了一些，好像山抬了抬身体，蹲在那里。

在喀纳斯村吃晚饭时，我一抬头，看见对面的山探头过来，一个黑黢黢的巨大身影。天刚黑时我看山离得还远，坐下吃饭那会儿，看见山近了，旁边的两座山在向中间的那座靠拢，似乎听见山挤山，相互推搡的声音。前面的山黑黑地探过头，像在好奇地听我们说山的事情，听见了扭头给后面的山传话，后面的又往更后面传，一时间一种哗哗哗的声音响起来，一直响到我们听不见的悠远处，在那里，山缓慢停住，地辽阔而去，地上的田野、道路和房子悠然展开。

山这么巨大的东西，似乎也心存孩子般的好奇。我感到山很寂寞。我们凑成一桌喝酒唱歌，山坐在四周，山在干什么？如果山也在聚餐，我们就是它的一碟小菜。可能它已经在品尝我们的味道，它嫌我们味道不足，让我们多喝酒，酒是它添加给我们的作料，酒让我们自己都觉得有味了。山把有酒味的人含在嘴里，细细品尝，把没酒味的人一口吐出来，拨拉到一边。

早晨起来，我看见昨晚凑在一起的山都分开了。昨晚狂醉在一起的人，一个瞪着一个，好像不认识似的。

七、月亮

月亮是一个人的脸，扒着山的肩膀探出头来时，我正在禾木的木屋里，想象我的爱人在另一个山谷，她翻山越岭，提着月亮的灯笼来找我，轻敲木门。我忘了跟她的约会，我在梦里去找她，不知道她回来，我走到她住的山谷，忘了她住的木屋，忘了她的名字和长相。我挨个地敲门，一山谷的木门被我敲响，一山谷的开门声。我失望地回来时满天星星像红果一般在落。

就是在禾木的尖顶木屋里，睡到半夜我突然爬起来。

我听见月亮喊我，我推窗出去，看见月亮在最近的山头，星星都在树梢和屋顶，一伸手就够着它们。我前走几步，感觉脚离地飘起来，月亮把我向高远处引，我顾不了许多。

我童年时，月亮在柴垛后面呼唤我，我追过去时它跑到大榆树后面，等我到那里，它又站在远远的麦田那边。我再没有追它。我童年时有好多事情要做，忙于长个子，长脑子，做没完没了的梦。现在我没事情了，有整夜的时间跟着月亮走，不用担心天亮前回不来。

夜色把山谷的坎坷填平，我的脚从一座山头一迈，就到了另一座山头。太远的山谷间，有月光搭的桥，金黄色月光斜铺过来，宽展的桥面上，只有我一个人。

我高高远远地，蹲在那些星星中间，点一支烟，看我匆忙经过却未及细看的人世，那些屋顶和窗户，蛛网一样的路，我从哪条走来呢？看我爱过的人，在别人的屋檐下生活，这样的人世看久了，会是多么陌生，仿佛我从未来过，从我离开那一刻起，我就没有来过，以前以后，都没有过我。我会在那样的注视中睡去。我睡去时，满天的星星也不会知道它们中间的一颗熄灭了。我灭了以后，依旧黑黑地蹲在那些亮着的星星中间。

我回来时月亮的桥还搭在那里，一路下坡。月亮在千山之上，我本来可以和月亮一起，坐在天上，我本来可以坐在月亮旁边的一朵云上，我本来可以走得更高更远。可是，我回头看见了禾木村的尖顶房子，看见零星的一点火光，那个半夜烧火做饭的人，是否看见走在千山之上的我，那样的行程，从那么遥远处回来，她会为我备一顿什么样的饭菜呢。

从月光里回来我一定是亮的，我看不见我的亮。

木屋窗户敞开着，我飘然进来，看见床上睡着一个人，面如皓月。她是我的爱人。我在她的梦里翻山越岭去寻找她。她却在我身边熟睡着。

2008年11月7日

古尔班通古特沙漠

我在古尔班通古特沙漠边的一个小村庄长大成人。我还是少年时，喜欢坐在草垛上，向北看几眼沙漠，又朝南望一阵天山。我夹在这两个东西中间，有种被困住的感觉。玛纳斯河从我居住的地方，挨着沙漠向西北方蜿蜒流去，最终消失在沙漠中。它是沙漠和绿洲的分界河，早年树木葱郁的河岸平原，都变成了棉花田。我没有到达这条河的末端，我长大以后，这条河已经不似从前，在它的中上游，拦河而建的几座水库，把河截断。著名的玛纳斯河如今只留下一条宽河道，作泄洪之用。

古尔班通古特沙漠留给我的印象是一望无际的敞亮，我对它太熟悉了，几乎没办法说出它。我十几岁时，经常在半夜赶车进沙漠拉梭梭柴，牛车穿过黑黑的雪野，村子离沙漠有七八里路，夜晚连成一片的沙丘在雪野尽头隆起，感觉像走向一堵墙，到了跟前沙丘一座座错开，让开路，就像走进自己的村子。

进沙漠再走几十里，就可以停车装梭梭柴了。那时沙漠的植被还没有完全毁坏，原始梭梭林长满沙沟沙梁，车都过不去。我们进沙漠主要拉梭梭柴，红柳都看不上眼。半路经过一个红柳沟，原始红柳层层叠叠把沙包覆盖住，看不见沙子。还经过一条胡杨沟，沟里胡杨死树活树纵横交错，各种草木丛生其间，早先拉柴的人用火烧开一条路，车才过去。

装车前先要点一堆火，把自己烤热，壶里的水冻成冰了，馍馍也冻成冰疙瘩，我们用的铁水壶，直接扔到火里，水烧烫了提出来，馍馍用梭梭条插着，伸到火里烤，外表烧糊了，里面还是冰疙瘩，就边烤边吃，烤热一层啃一层。牛也在一旁吃草料，嚼草的声音很大。天就在火光里慢慢亮了。开始装柴火，装好柴已经到半中午，牛车慢慢悠悠往回赶，回去一路上坡，沙漠在准噶尔盆地腹部，尽管坡不大，但牛能感觉到。一般出了沙漠天就黄昏了，人和牛也都没劲了，更缓慢地往村子挪，短短几里路，把天磨黑，眼看着村庄的房子模糊成一堆一堆，跟沙丘似的。

古尔班通古特沙漠是西北风的杰作，是无形的风在大地上的显形。由西向东，一场和沙漠等宽等长的西风，横躺在盆地。我曾沿217国道从奎屯向乌尔禾和布克赛尔走过许多次，其间穿过的克拉玛依大戈壁，应该是古尔班通古特沙漠的起始地，漫长的西北风从这里开始吹沙堆丘。一座大沙漠的开头远没有想象的壮观，一望无际的戈壁上，看不见高大沙丘，只有零星的小沙堆，像一些孤兽，头朝东，刮风时感觉它们在奔走，风停下来还在原地。可能在原地的已不是以前的沙丘，它早跑远了。漫天满地的沙，就在这样的奔跑中，在不远处，堆成巨大无比的古尔班通古特。

而在西风刮到头的奇台县境内，风减弱沙子落下，这一片的沙丘比别处高大，与将军戈壁的丘陵相接，植被也繁茂，梭梭、红柳、 沙米、骆驼刺、胡杨混生其上。沙米的种子人可食用，听说灾年有人靠沙米活命。几年前，我和画家张永和，奇台作家潘生栋、魏大林、马正国一行，从奇台桥子乡出发，沿当年成吉思汗大军走过的沙漠古道进入古尔班通古特沙漠 。我们在桥子乡听一个哈萨克族牧羊人说，在沙漠里发现一片房屋废墟，地上满是瓦片。我们好奇，便在村子里雇了一辆骡车，备了铁锨和水，进沙漠了。成吉思汗大道的轮廓在沙漠中清晰可辨，几十万铁骑走过的地方，沙丘踩平，沙沟踏宽。路上我们不时看见陶瓷片，多是陶瓷碗碎片，可见这条路上走过多少吃饭的人。听说有个牧羊人发现一个大坛子，口封着，很沉，以为一坛金子，坛子打烂后却是一个人的完整骨骼，蜷缩在里面。

我们走到半下午，人困骡子乏。路平的地方我们坐车，遇到沙包就下来帮骡子推车。赶车人爱惜牲口，一直走着。不时遇到回村的牲口群，牧人骑驴或马跟在后面。成吉思汗大道现今已变成一条牲口道，牧人由此将牲口赶到沙漠深处放牧，这片沙漠中的骆驼刺、沙米、芦苇都是牲口的好食物。我们走得没耐心了，便在路边一片废墟上停住，拿铁锨挖掘了一阵，一无所获。

西北风刮到将军戈壁，被中蒙边境的北塔山挡住，转头向南，西风变北风，朝哈密方向吹，沙漠也由此向东南蔓延。这场刮过乌尔禾魔鬼城的风，转向后刮过新疆另一个著名的魔鬼城——龙城，进入罗布泊。2003年11月，我在罗布泊北岸，离楼兰遗址二十多千米的文物检查站，看见了这场转向的北风。看守楼兰遗址的检查站人员住在挖的地窝子里，铁皮筒子烟囱竖在地上，我注意到烟囱用一根铁丝从北边拉着，说明北风很大。烟囱南边满是黑黑的烟垢，北面却很干净，烟很少往北飘过。

从克拉玛依大戈壁，到奇台将军戈壁，我看到一座大沙漠的头和尾，看到一场西北风的起始和尽头。而我居住的沙湾县那一片，是古尔班通古特沙漠中部最成熟的一段，沙丘丰满均匀，而且稳定。常年的西北风使沙丘走势一律由西北向东南。这是很重要的沙漠知识，如果你在古尔班通古特沙漠迷了路，依靠沙漠的走向即可辨出南北东西。记住，沙漠由西北往东南走，沙丘头向东南，尾向西北，站在一个大沙丘上就可辨清楚。在我们村西边的龙口，玛纳斯河拐了一个弯，抛下一摊野水，水以沙丘为岸，水边数万亩野生红柳林浩浩荡荡，红柳开花季节，从水边到天边，一片火红。这一片是著名的古北山驿，是清代从迪化（今乌鲁木齐）至阿勒泰的重要驿站和渡口。如今沙漠禁伐禁牧，植被逐渐恢复，黄羊、野驴、狼、野猪等动物成群出现，常来此饮水。湖西是哈萨克族人居住的龙口村。前几年，石油勘探队在沙漠腹地留下一条东西贯穿的沙漠路，一般越野车即可通行。这条路不像我们小时候拉柴火走的牛车路，绕着沙丘走。那些巨型卡车从不把沙丘放在眼里，横冲直撞，小沙丘一翻而过，太大的沙丘直接推一个豁口。所以，那条路看上去给古尔班通古特沙漠腹部开了一个重创的刀口，浑然一体的沙漠不再完整。

就在今年，我随沙湾县的几个领导，从龙口野水湾旁的兵团道路进入沙漠，汽车穿行一个多小时，驶进沙漠中间的一个团场，过团场又进沙漠，一条沙土路引着我们往沙漠深处走，这里的沙丘相对平坦，植被时而稠密时而稀疏，行了大概百多公里，眼前突然开阔，出现一望无际的新垦农田。我吃惊坏了。同车的领导说，这就是准噶尔盆地的底，很早以前是湖泊，所有才这么平坦。这些土地全是沙湾县的，直到兵团人在这里开发了近百万亩的土地，沙湾人才回过神来，当地的农民、官员、老板纷纷进沙漠开荒种地，大片的沙漠植被被毁，新打出的一口口机井，使地下水被过量开采。林业局的朋友说，古尔班通古特的地下水位，正以每年三四十厘米的速度下降，照这个速度，最多二十年后，地下水将被全部采光，到那时候，这些新开的土地，还有沙漠外村里的土地，都会撂荒。

那将是一种怎样的景象。大片荒芜的土地重新变成沙漠。古尔班通古特复原到它以前的样子。西北风刮过的地方，不再是浩瀚棉田，而是漫漫沙尘。那些被开荒者毁灭的沙漠植被，也许过多少年都不可能恢复。沙漠将以裸露的方式，永远地铭记人类的粗暴开垦。人们收获完土地上的棉花麦子，必将接受它的满天沙尘。这座曾经被梭梭、红柳、胡杨、碱蒿和骆驼刺覆盖的古尔班通古特沙漠，就像潘多拉的魔盒被打开了。

2006年

感悟

树的命运

树也有命运。在20世纪60年代以前，新疆北疆准噶尔盆地基本是榆树、胡杨、沙枣树的世界。常年的西北风把榆树种子播撒在天山北坡这片绿洲上。榆钱是飞碟状的，非常适合顺风飞行。沙枣树的种子就不行，沙枣只能靠鸟衔着播种，繁殖没有榆树快。那时是榆树的世界。

后来，榆树遭到毁灭性的砍伐。另一种树，杨树，在被人砍倒榆树沙枣树胡杨树的土地上大片栽植起来。适合杨树生长的时代到来了。原因是杨树可以体现人的专制，很听话地按人的意志去生长，它的整齐笔直迎合了那个时代的风格。榆树就不一样，它是一种不听话的树，人统治不了它。它的每个枝都乱长，每个杈都胡伸。即使人把它栽成行，过一两年它仍会长得歪歪扭扭，就像没被栽过一样。它不能体现人的意志。它倒霉了。那是个完全不适合榆树生长的年代，它能存活下几棵，留住种子，已经是万幸了。若是遇到另外的时代，遍野的榆树会留下来。小榆树长大，大榆树长到老，老榆树一直地活下去，它们不会轻易死掉。但是榆树的命不好。它的运气到头了。想想过去的几千万年，准噶尔盆地，榆树枝挨枝叶拍叶，一直长到天边。那是我们没到来之前大地留出来长榆树的时间。好多榆树长成大材。那时候，大地深处是密密麻麻的榆树根，上面是密密麻麻的榆树枝叶。一年四季的西北风里，天空飘着榆钱籽，榆钱撒遍整个大地。

接下来是我们砍榆树的时间了。可仅仅几十年，就砍光了。幸存的榆树长在人不要的荒滩野岭，躬着腰，匐着躯体，害怕被人发现似的。榆树肯定被人砍怕了。榆树要有腿，早跑掉了。可是，那些有腿的动物哪个跑掉了？

现在我们知道老榆树的价值了，但已经剩下不多。在北疆，榆树留下的，只有一些和榆树有关的地名：一棵树、三棵树、五棵树，不会超过七棵树。这些树都是榆树，只有榆树，才会成为大地上的坐标点。

好多年前，我去过乌苏县三棵树乡，原以为会看见三棵大榆树。可连一棵大树都找不到，只看到一些小杨树。它们哪一棵也不配当三棵树中的一棵。问当地老人，说三棵大榆树早就没有了。以前就在乌伊公路边，过往车辆、人马在树下歇脚。后来因为扩建路，还是盖乡政府大楼，可能榆树占了地方，就给整掉了。

新栽的杨树整齐地立在路边，就像新盖的乡政府办公楼一样，没有历史。在这个地方再栽一千一万棵树，也换不回那三棵树。那几乎是当地仅有的三棵树，它们消失了。

现在，乌鲁木齐保存下来的老榆树，在友好路边有一些，已经活得不像树。尽管看上去被保护起来了，身上挂了牌子，四周用铁栏杆围住，但树生长的环境不存在了。噪音、污浊的空气、孤独，一棵望不见另一棵。树是喜好丛生的植物，再大的树也不想独独一棵立在大地上。生长在丛林中，永远是一棵树的梦想。想想丛林中的树吧，刮风时一棵拍打着另一棵，一棵树可以听到它的声音通过另外的树，向无边际的远方传送。树的根也在地下的土壤中，相互沟连。一棵树一样通过另外的树，把自己的根系伸到远处。

现在城市中的树，连一声鸟叫都听不到。

它太孤独了，活着有啥意思？

我们南湖公园有一棵老榆树，建公园时它长在农民的菜地边，长得挺好。公园设计者也想让这棵树成为园中一景，特意把它置在新挖的人工湖中，三面环水，为它修了一个很好的护栏。一切都建好后，树死掉了。人们为它精心制作的一切都没用了。怎么死的？被施工者整死的。他们用挖掘机取它周围的土时，没有考虑它是一棵树。一棵自由长成的树，它的根系伸向四面八方，伸到很远。他们把它的根整断了，把它四周已经习惯了的土挖走了，然后把它圈在一个混凝土围子里。你想想，你要是那棵树，你死不死？

还有一棵大榆树，长在伊犁去特克斯的公路中间。七八年前，我在去特克斯的路上看到这棵树，惊讶坏了，一棵大树站在路中央，汽车直直地开过去，到了树跟前，柏油路被树左右分开，绕过树又合成一条。我们在树旁停车拍照，仰着头看，它太高大了，仿佛看不到顶。树的两个巨杈像手臂一样伸向云天。同行的朋友说，垫路基时树被埋掉了两米。依然这样高大。还说当初修公路时要砍掉这棵树，当地人不愿意，从远远近近赶来保护，这是他们的神树，当地人有信萨满教的传统，有灾有病都到这棵大榆树下祈祷，树上系满了五颜六色的布条。最后，这棵树留住了。不是因为村民的保卫，是筑路者害怕了，因为承包这段路的老板莫名其妙死掉了。都说是老板触犯了神树，遭了报应。

今年，我再向伊犁的朋友说起这棵树。回答是：已经砍了。为什么？因为一辆车晚上撞到树上。树撞死人了。

前年，我因装修“村庄酒吧”到米泉木材场找木头，发现一大堆锯成木墩的老榆树，工人们正在把它们加工成板材，许多歪扭的木墩和板皮扔在一边。我问这些废料怎么处理，他们答拉到造纸厂做纸浆。又问这些榆木的来历，说是从一个山沟里砍来的。不知道榆树长在山沟里又碍谁的事了。木堆旁有一个巨大的榆树根，像一座小山似的，它粗壮的根向一个方向伸展，我爬上去想看看年轮，可是没法看清，树是用锯和斧两种工具砍伐的。可能树干太粗大，没有如此长的锯条，锯了一部分，其余就用斧头解决了。老板说，这个树根前天有人出一千块钱想买，我没卖。现在到哪儿去找这么大的树根，这是几百年甚至上千年长成的东西。我说，你想卖多少钱？至少要一千二百块吧，老板说。

我原想把它买下来。可是，我在乌鲁木齐没有一块私有地方能放得下它。这样巨大的东西，应该只属于辽阔的大地。

向梦学习

谁教会了我做梦。

据说孩子一出生就会做梦。甚至在母腹中便做了无数的梦。在我不会说话走路的幼年，一个一个的梦，在小小的头脑里发生。我最早开始做的一件事情，应该是做梦。不知道那些梦从哪来，谁给了我。我的头脑在白天黑夜的睡梦中，生长。大人知道我做梦，我睡着时突然地哭、笑。我笑时大人也笑，但不出声。知道我做好梦了。做不好的梦时，我会惊恐，大人看见了就叫醒我。

很难知道一个婴儿梦中的情景，他还没学会说话，却已经在做梦了。梦中是否说了话，那些梦话又是怎样的一种语言。

据说平常人能记住七岁时的梦。作家可记住三岁到五岁时的梦。有天赋的作家能记得自己的出生。极具天赋的作家甚至能记住在母腹里的情景。那像梦一样的胎儿生活，如果真记住了，该多有意思。漫漫的十个月，独自蜷缩在小小孕室，外面是一个声音的世界。眼睛闭住，耳朵张开，小拳头攥紧。独自倾听冥想的姿势。他听到的声音有颜色吗，能构成一个怎么的人世。

有一点我还不太清楚，在母腹中胎儿时睡时醒呢，还是一直在睡梦中。一个长梦做到出生。

梦是一种学习。很早的时候，我一定通过梦熟悉了生活。或者，梦给我做出了一种生活。后来，真正的生活开始了。我出生、成长。梦渐渐隐退到背后。早年的梦多被忘记。

还是有人记住一种叫梦的生活。他们成了作家。

作家是在暗夜里独自长成的一种人，接受夜和梦的教育。梦是一所学校。夜夜必修的功课是做梦。

我早期的诗和散文，一直在努力地写出梦境。作文如做梦。在犹如做梦的写作状态中，文字的意味向虚幻、恍惚和不可捉摸的真实飘移，我时而入梦，时而醒来说梦。梦和黑夜的氛围缠绕不散。我沉迷于这样的幻想。写作亦如暗夜中打捞，沉入遗忘的事物被唤醒。

梦是我的启蒙老师。我早年的写作一定向梦学习了许多，我却浑然不知。

早年经常做的一个梦：我走进一间挨一间的房子，那些房子破旧、空荡、布满灰尘，每一间我都熟悉，仿佛在里面居住过，我从一扇门走进另一扇门，一夜都走不出去。

另一个梦里我在钻洞，一个曲折漫长的洞，我熟悉里面的每个拐弯和岔道，我从没走错却从没走出去过。

有一段时间我梦见自己在爬一个高塔，仿佛已经爬过无数次，每次快爬到顶了，醒过来。多年后我带母亲回甘肃老家，在金塔县城，突然看见我梦中爬过无数次的高塔，我在塔下愣愣地站了好久，第一次清醒地看见一个早年的梦境。那是母亲逃荒到新疆40年后第一次回老家，她把我孕在腹中带到遥远的新疆，我在甘肃金塔县孕育，在新疆沙湾县出生。我有两个故乡。那个夜夜梦见的高塔是父母早年的念叨被我记住呢，还是，我在孕育中早早看见了它。

另一个梦中我长途跋涉去一座城市，城北边有一个破煤矿，路拐弯处一片楼房，每次我都会到一幢未完工楼房的五楼，不知道那是谁的家，我在那里寂静地住下来。也是好多年后，我在乌鲁木齐南湖小区五层的住宅里，突然想起早年在乡下的梦。离这不远是已经废弃的六道湾煤矿，梦中的场景和现实惊人相似。似乎我的一部分生活，突然地掉进早年做好的一个梦里。

更多的梦中我跑着跑着飞起来。就在昨晚的梦中，我又一次飞了起来，脚下是大片的夏天的绿色玉米地。

不知道那些反反复复的梦，要告诉我什么。我因为不理解也许早已错过了什么。做梦似乎是天生的，不需要向谁学习。

我的写作，却一直在向梦学习。

我不知道自己一直向梦学习。我很早懂得隐喻、夸张、跳跃、倒叙、插叙、独白这些作文手法。后来，我写作多年，才意识到，这些在文学写作中常用的手法，在梦中随处使用。做梦用的手法跟作文一模一样。

隐喻作为一种文学手法，很可能是作家从梦中学来的。所有的梦都有隐喻性、多解性。早晨醒来回想梦，一如阅读深奥晦涩的文学。梦充满隐喻，令人费解。人相信梦的暗示，千方求解，并大致找到梦隐喻的规律。比如梦见小孩是遇到小人，梦见火要发财，梦见飞是长个子，等等。一些复杂的梦需要专门的人解读，回想梦的过程是文学欣赏过程。破译梦便上升到文学研究了。

梦的多义性是文学的重要特征。我写一个句子时，希望语言的意义朝无数个方向延伸，在它的主旨之外有无限的旁旨，延伸向远方。这也是梦的特征。

梦呓、梦话也叫胡话。说胡话，一个已经睡着不该说话的人说的话。突兀的一两句。没前没后。自言自语。他对着梦说话，我们看不见他的梦。

最好的文学语言是梦语言。

梦呓被多少文学家借鉴发展为超现实的语言叙述方式。

梦是夸张的。梦的夸张体现在敏感。一只蚊子飞过耳旁，梦会夸张成一架飞机。一个关于飞机的梦，就这样从一只蚊子飞过耳旁开始了。许多宏大的文学作品可能缘于一个小小的诱因。

梦中的故事常常跳跃，一念间从一个场景跳到另一个场景。有时似乎跳跃得跑题了，醒来一想，此梦的主题恰好在离题万里的细节上。

有些梦是倒叙，先有果，后有因，故事逆着时间朝前发生。我突然回到了童年。回到童年的梦都是倒叙。梦应用倒叙非常顺便。因为梦里的时间是一种可以悬置、翻转、倒退、仰俯、伸缩自如的文学时间。

插叙是梦中惯用的手法，一个平铺直叙的梦，常有莫名其妙的故事插入。有时中途插入的故事成了梦的主题，旁枝长成主干。好像也没什么不合理。梦自有合理性。

伏笔更是被梦用到极致。经常在一个新梦里感觉到熟悉气息，仿佛先前经历，或许这事在旧时的梦里开了头，略微显露了一下，此梦牵出彼梦的头绪来，甚至几十年前埋的伏笔，都牵连出来。

不知道人一生的梦是否在完成着一个巨大的梦。就像作家耗尽毕生写一部巨著。如果是的话，童年的梦，胎儿时的梦，中年老年的梦，便都连接起来了。那将是一个多么大的梦巨作。梦有压缩性，几十年的时间，可以压缩到瞬间。据说生命终结时，人一生的故事在脑海中梦一般回放。这是生命程序中最美妙的一瞬，一部人生巨作已然结尾，前呼后应地做一次回味。这个始于梦终于梦的做梦动物，中间那一阵子时梦时醒的人世生活，是多么地令自己回味。当消失的一切全部回来。那压缩在短短瞬间里的整个此生，已经到达了彼世。

作家干的是装订梦境的活儿。在梦中学会各种各样的文学表达，把各种各样的梦变成文字。许多作家天生会写作，几乎不怎么经过向别的作家学习的过程，梦早已教会他所有的文学写作方法。进入写作时，真实世界隐退了。虚构世界梦一般浮现。文字活跃起来。文字在捕捉。在塑造编造这个世界。唯一存在的是文字。一个文字中的世界，和现实的关系，就是一场梦的关系。也是此生彼世的关系。

文学是梦学。

《一个人的村庄》是一个人的无边白日梦，那个无所事事游逛在乡村的闲人，是我在梦里找到的一个人物。我很早注意到，在梦里我比梦外悠闲，我背着手，看着一些事情发生，我像个局外人。我塑造了一个自己，照着他的样子生活，想事情。我将他带到童年，让他从我的小时候开始，看见我的童年梦。写作之初，我并不完全知道这场写作的意义。我只清楚，回忆和做梦一样，纯属虚构。

写作就是对生活中那些根本没有过的事情的真切回忆。

我无知地知道这些写作规则。不然我不会从童年写起。我的童年遇到了不幸。父亲在我八岁时死去，那是“文化大革命”后期，母亲带着五个孩子艰苦度日，我是家里的老二，我大哥那时十二岁，最小的妹妹不满一岁。这样的童年谁愿意回忆。可是，《一个人的村庄》里看不到这些苦难，《虚土》中也看不到。当我在写作中回到小时候的村庄，这些苦难被我忘记了，我写了这个村庄的草木和动物，写了风、夜晚、月光和梦，写我一个人的孤独和快乐、希望和失望，还有无边无际的冥想。当那本书完成时，我发现我的童年被我成功地修改了，我把那个八岁丧父的自己从童年的苦海中救了出来，我给自己创造了一个童年。我感谢我的文字，它拯救了我。

写作是一个创造自己的过程。我塑造了一个主人公。他却改变了我。

《虚土》是我的另一场梦。在那个叫虚土庄的地方，梦把天空顶高，把大地变得更加辽阔。每个人都活在别人不知道的梦里。梦是我不知道的另一种生活。梦乡是我遗忘的故乡。照耀着梦的是无边的星光月光。

《虚土》里那个五岁孩子，一直在一个未醒来的梦里，怀疑自己是否出生，或者已经出生却从未长大。长大的全是别人。我的生活早已被别人过掉，废墟一样弃在荒野。我又在过着谁的生活。在那个漫长的梦里，一个人的百年岁月开花了。

到《凿空》时，我被一个地方的现实撞醒，写了这本书。好在这里的生活，本来就有一种不用刻意营造的魔幻味道。一个地方的真实生活，也许在别处的人看来，就是荒诞的梦。

《凿空》是一部醒来的书，写一个聋人耳朵里的声音世界。全是过去的声音。那个孤独的倾听者，耳朵闭住，眼睛张开，清醒地看着这个在母腹中曾经听到的外面世界。

梦启迪了文学，文学又教会更多的人做梦。优秀的文学都是一场梦。人们遗忘的梦，习以为常却从未说出的梦，未做过的梦，呈现在文学中。文学艺术是造梦术。写作是一件繁复却有意思的修梦工程。用现实材料，修复破损的梦。又用梦中材料，修复破损的现实。不厌其烦地把现实带进梦境，又把梦带回现实。

那个在母腹中偷听人世做了无数梦的未来人，是一个作家原型。作家孤独如母腹中的孩子。

2011年2月28日

狗这一辈子

一条狗能活到老，真是件不容易的事。太厉害不行，太懦弱不行，不解人意、善解人意了均不行。总之，稍一马虎便会被人剥了皮炖了肉。狗本是看家守院的，更多时候却连自己都看守不住。

活到一把年纪，狗命便相对安全了，倒不是狗活出了什么经验。尽管一条老狗的见识，肯定会让一个走遍天下的人吃惊。狗却不会像人，年轻时咬出点名气，老了便可坐享其成。狗一老，再无人谋它脱毛的皮，更无人敢问津它多病的肉体。这时的狗很像一位历经沧桑的老人，世界已拿它没有办法，只好撒手，交给时间和命。

一条熬出来的狗，熬到拴它的铁链朽了，不挣而断。养它的主人也步入暮年，明知这条狗再走不到哪里，就随它去吧。狗摇摇晃晃走出院门，四下里望望，是不是以前的村庄已看不清楚。狗在早年捡到过一根干骨头的沙沟梁转转，在早年恋过一条母狗的乱草滩转转，遇到早年咬过的人，远远避开，一副内疚的样子。其实人早好了伤疤忘了疼。有头脑的人大都不跟狗计较，有句俗话：狗咬了你你还去咬狗吗？与狗相咬，除了啃一嘴狗毛你又能占到啥便宜。被狗咬过的人，大都把仇记恨在主人身上，而主人又一股脑儿把责任全推到狗身上。一条狗随时都必须准备承受一切。

在乡下，家家门口拴一条狗，目的很明确：把门。人的门被狗把持，仿佛狗的家。来人并非找狗，却先要与狗较量一阵，等到终于见了主人，来时的心境已落了大半，想好的话语也被吓忘掉大半。狗的影子始终在眼前串游，答问间时闻狗吠，令来人惊魂不定。主人则可从容不迫，坐察其来意。这叫未与人来先与狗往。

有经验的主人听到狗叫，先不忙着出来，开个门缝往外瞧瞧。若是不想见的人，比如来借钱的，讨债的，寻仇的……便装个没听见。狗自然咬得更起劲。来人朝院子里喊两声，自愧不如狗的嗓门大，也就不喊了。狠狠踢一脚院门，骂声“狗日的”，走了。

若是非见不可的贵人，主人一趟子跑出来，打开狗，骂一句“瞎了狗眼了”，狗自会没趣地躲开，稍慢一步又会挨棒子。狗挨打挨骂是常有的事，一条狗若因主人错怪便赌气不咬人，睁一眼闭一眼，那它的狗命也就不长了。

一条称职的好狗，不得与其他任何一个外人混熟。在它的狗眼里，除主人之外的任何面孔都必须是陌生的、危险的。更不得与邻居家的狗相往来。需要交配时，两家狗主人自会商量好了，公母牵到一起，主人在一旁监督着。事情完了就完了。万不可藕断丝连，弄出感情，那样狗主人会妒忌。人养了狗，狗就必须把所有爱和忠诚奉献给人，而不应该给另一条狗。

狗这一辈子像梦一样飘忽，没人知道狗是带着什么使命来到人世。

人一睡着，村庄便成了狗的世界，喧嚣一天的人再无话可说。土地和人都乏了。此时狗语大作，狗的声音在夜空飘来荡去，将远远近近的村庄连在一起。那是人之外的另一种声音，飘远、神秘。莽原之上，明月之下，人们熟睡的躯体是听者，土墙和土墙的影子是听者，路是听者。年代久远的狗吠融入空气中，已经成寂静的一部分。

在这众狗狺狺的夜晚，肯定有一条老狗，默不作声。它是黑夜的一部分。它在一个村庄转悠到老，是村庄的一部分。它再无人可咬，因而也是人的一部分。这是条终于可以冥然入睡的狗，在人们久不再去的僻远路途，废弃多年的荒宅旧院，这条狗来回地走动，眼中满是人们多年前的陈事旧影。

风改变了所有人的一生

冬天，牛站在雪野中过夜，一两头或几十头，全头朝西。风吹过牛头，在牛角尖上吹出日日声。风经过牛头、脖子、脊背到达牛后腿时，已经有了些暖意，不很刺骨，在牛后裆里打着旋儿。牛用整个躯体为自己的一个部位抵挡寒冷，就像人用两只手捂着耳朵。

如果秋天，发情季节，牛站在旷野里，屁股朝东，风在张开的牛水门上吹出呜呜咽咽的啸声，公牛鼻子对在风中，老远就能闻见母牛的气息，听见风刮过母牛的呜咽声。听见了就会直奔过来，不管多远，路多泥泞难行，公牛的阴囊在奔跑中飘荡起来，左摆右摆，像一架突然活起来的钟——我知道牛每年一次的那个幸福时辰又到了。

这时候我会看见父亲的嘴朝下风那边歪。他的嘴闭不紧，风把一边的腮帮子鼓起来，像含了一口粮食。父亲用一只手干活，一只手按住头上的帽子。我们是他的另一只手，往圈里拉牛、草垛上压木头。一刮风我就把帽子脱掉，放在地上拿个土块压住。父亲从来不脱帽子，再大的风也不脱，他不让风随便刮他的头。也不让太阳随便晒他的头。他一年四季戴着帽子，冬天戴一顶黑羊皮帽子，夏天戴一顶蓝布帽子。父亲太爱惜自己的头，早晨洗脸时总是连头一起洗了，擦干后很端正地戴上帽子，整个白天再不会动。别人跟他开玩笑时动什么地方都行，就是不允许动头，一动头他就生气。父亲用整个身体维护着一颗头。我们还在成长中，不知道身体的哪个部位应该特别器重。成长是一个自己不知道的秘密过程，我们不清楚自己已经长成了什么样子。身体的一些部位先长大了，一些部位静悄悄地待在那里发愣。生命像一场风，我们不知道刮过一个人的这场风什么时候停，不知道风在人的生命中已经刮歪几棵树，吹倒几堵墙。

我只看见风经过村庄时变成了一股子一股子。从墙洞钻过的风，过道窜过的风，牛肚子底下跑过的风，都有了形。

在风中叉开腿跳个蹦子，落下时就像骑在一条跑狗身上，顺风蹿出去几米。大人们不让孩子玩这个游戏。“刮风时把腿夹紧。”他们总用这句话吓唬人。孩子们一玩起来就没尽头，一个蹦子一个蹦子地跳下去，全忘了身后渐渐远去的村子，忘了渐渐昏黄的天色。孩子们顺风跑起来时会突然想起来自己会飞，翅膀就在想起自己会飞的一瞬间长出来，一纵身几里，一展翅几百里。旷野盛得下人一生的奔跑和飞行。人最远走到自己的尽头。而旷野无垠。知道回家时家已丢得没影了。回过头全是顶风，或者风已停。人突然忘记了飞，脚落在地上，挪一步半尺，走一天才几十里。迷失在千里外的人，若能辨出顺风飘来的自己家的一丝一缕炊烟，便能牵着它一直回到家里。人在回家的路上一步步长成大人，出门时是个孩子，回到家已成老人。风改变了所有人的一生。我们都不知道风改变了所有人的一生。我们长大、长老，然后死去，刮过村庄的一场风还没有停。

两条狗

父亲扔掉过一条杂毛黑狗。父亲不喜欢它，嫌它胆小，不凶猛，咬不过别人家的狗，经常背上少一块毛，滴着血，或瘸着一条腿哭丧着脸从外面跑回来。院子里来了生人，也不敢扑过去咬，站在狗洞前汪汪两声，来人若捡个土块、拿根树条举一下，它便哭叫着钻进窝里，再不敢出来。

这样的损狗，连自己都保不住咋能看门呢。

父亲有一次去五十公里以外的柳湖地卖皮子，走时把狗装进麻袋，口子扎住扔到车上。他装了三十七张皮子，卖了三十八张的价。狗算了一张，活卖给皮店掌柜了。

回来后父亲物色了一条小黄狗。我们都很喜欢这条狗，胖乎乎的，却非常机灵活泼。父亲一抱回来便给它剪了耳朵，剪成三角，像狼耳朵一样直立着。不然它的耳朵长大了耷下来会影响听觉。

过了一个多月，我们都快把那条黑狗忘了。一天傍晚，我们正吃晚饭，它突然出现在院门口，瘦得皮包骨头，也不进来，嘴对着院门可怜地哭叫着。我们叫了几声，它才走进来，一头钻进父亲的腿中间，两只前爪抱住父亲的脚，汪汪地叫个不停。叫得人难受。母亲盛了一碗揪片子，倒在盆里给它吃。它已经饿得站立不稳。

从此我们家有了两条狗。黄狗稍长大些就开始欺负黑狗，它俩共用一个食盆，吃食时黑狗一向让着黄狗，到后来黄狗变得霸道，经常咬开黑狗，自己独吞。黑狗只有畏缩地站在一旁，等黄狗走开了，吃点剩食，用舌把食盆舔得干干净净。家里只有一个狗窝，被黄狗占了，黑狗夜夜躺在草垛上。进来生人，全是黄狗迎上去咬，没黑狗的份儿。一次院子里来了条野狗，和黄狗咬在一起，黑狗凑上去帮忙，没想到黄狗放开正咬着的野狗，回头反咬了黑狗一口，黑狗哭叫着跑开，黄狗才又和野狗死咬在一起，直到把野狗咬败，逃出院子。

后来我们在院墙边的榆树下面给黑狗另搭了一个窝。喂食时也用一个破铁锨头盛着另给它吃。从那时起黑狗很少出窝。有时我们都把它忘记了，一连几天想不起它。夜里只听见黄狗的吠叫声。黑狗已经不再出声。这样过了两年，也许是三年，黑狗死掉了。死在了窝里。父亲说它老死了。我那时不知道怎样的死是老死。我想它是饿死的，或者寂寞死的。它常不出来，我们一忙起来有时也忘了给它喂食。

直到现在我都无法完全体味那条黑狗的晚年心境。我对它的死，尤其是临死前那两年的生活有一种难言的陌生。我想，到我老的时候，我会慢慢知道老是怎么回事，我会离一条老狗的生命更近一些，就像它临死前偶尔的一个黄昏，黑狗和我们同在一个墙根晒最后的太阳，黑狗卧在中间，我们坐在它旁边，背靠着墙。与它享受过同一缕阳光的我们，最后，也会一个一个地领受到同它一样的衰老与死亡。可是，无论怎样，我可能都不会知道我真正想知道的——对于它，一条在我们身边长大老死的黑狗，在它的眼睛里我们一家人的生活是怎样一种情景，我们就这样活着有意思吗？

我受的教育

黄沙梁，我会慢慢悟知你对我的全部教育。这一生中，我最应该把那条老死窝中的黑狗称师傅。将那只爱藏蛋的母鸡叫老师。它们教给我的，到现在我才用了十分之一。

如果再有一次机会出生，让我在一根木头旁待二十年，我同样会知道世间的一切道理。这里的每一件事物都蕴含了全部。

一头温顺卖力的老牛教会谁容忍。一头犟牛身上的累累鞭痕让谁体悟到不顺从者的罹难和苦痛。树上的鸟也许养育了叽叽喳喳的多舌女人。卧在墙根的猪可能教会了闲懒男人。而遍野荒草年复一年荣枯了谁的心境。一棵墙角土缝里的小草单独地教育了哪一个人。天上流云东来西去带走谁的心。东荡西荡的风孕育了谁的性情。起伏向远的沙梁造就了谁的胸襟。谁在一声虫鸣里醒来，一声狗吠中睡去。一片叶子落下谁的一生。一粒尘土飘起谁的一世。

谁收割了黄沙梁后一百年里的所有收成，留下空荡荡的年月等人们走去。

最终是那个站在自家草垛粪堆上眺望晚归牛羊的孩子，看到了整个的人生世界。那些一开始就站在高处看世界的人，到头来只看见一些人和一些牲口。

空气中多了一个人的呼吸

那一年，一个叫唐八的人出世，天空落了一夜土，许多东西变得重起来：房顶、绳子、牛车、灯。

我早醒了一阵，天还没亮。父亲说，好睡眠是一根长绳子，能把黑夜完全捆住。那个晚上我的睡眠又短了一截子。

我又一次看见天是怎么亮的。我睁大眼睛，一场黑风从眼前慢慢刮过去，接着一场白风徐徐吹来。让人睡着和醒来的，是两种不同颜色的风。我回想起谁说过的这句话。这个村子的每个角落里都藏着一句话，每当我感受到一种东西，很快，空气中便会冒出一句话，把我的感受全概括了。

这时空气微微波动了一下，极轻微的一下。不像是鸟扇了扇翅膀、房边渠沟里一个水泡破了、有人梦中长叹一口气。我感到空气中突然多了一个人的呼吸。因为多了一个人，这片天地间的空气重新分配了一次。

如果在梦中，我不会觉察到这些。我的睡眠稍长一点，我便错过了一个人的出世。

梦见的人不呼吸我们的空气。我听见谁说过这句话，也是天快亮的时候，我从梦中醒来，一句话在枕旁等着我。

我静静躺着，天空在落土。我想听见另一句。许多东西变得重起来。我躺了一大阵子，公鸡叫了，驴叫了，狗叫了。——我感觉到的一个人的出生始终没被说出来。

可能出生一个人这样平常的小事，从来没必要花费一句话去说。鸡叫一声就够了。驴叫一声，狗再叫一声，就够够的了。

可是那一天，村里像过年一样迎接了一个人的出生。一大早鞭炮从村南头一直响到村北头。我出门撒尿，看见两个人在路旁拉鞭炮，从村南开始，一棵树一棵树地用鞭炮连起来，像一根红绳子穿过村子，拉到村北头了还余出一截子。接连不断的鞭炮声把狗吓得不敢出窝，树震得簌簌直落叶子。

唐家生了七个女儿，终于等来了一个儿子。吃早饭时母亲说，今天别跑远了，有好吃的。

多少年来，这个村庄从没这样隆重地接迎一个人。唐家光羊宰了八只，院子里支了八只大锅，中午全村人被请去吃喝。每人带着自家的碗和筷子，房子里坐不下，站在院子里，院子挤不下的站在路上，蹲在墙头上。狗在人中间窜来窜去，抢食人啃剩的骨头。鸡围着人脚转，等候人嘴里漏下的菜渣饭粒。那顿饭一直吃到天黑，看不见锅、看不见碗了人才渐渐散去。

又过多少年（十三年或许八年，我记不清楚），也是在夜里，天快亮时，这个人悄然死去。空气依旧微微波动了一下，我没有醒来。我在梦中进沙漠拉柴火，白雪覆盖的沙丘清清楚楚，我能看见很远处隔着无数个沙丘之外的一片片柴火，看清那些梭梭的铁青枝干和叶子，我的牛车一瞬间到了那里。

那时我已经知道梦中的活不磨损农具，梦中丢掉的东西天亮前全都完好无损地回到家里。梦中的牛也不耗费力气。我一车一车地往家里拉柴火，梦中我知道沙漠里的柴火不多了，有柴火的地方越来越远，要翻过无数个沙包。

我醒来的一刻感到吸进嘴里的气多了一些，天开始变亮，我长大了，需要更多一点的空气，更稠一些的阳光，谁把它们及时地给予了我。我知道在我的梦中一个人已经停止呼吸，这片天地间的空气又重新分配了一次。

我静静躺着，村子也静静的。我想再等一阵，就能听见哭喊声，那是多少年前那一场热闹喜庆的回声，它早早地转返回来，就像是刚刚过去的事，人们都还没离开。

在这地方人咳嗽一声、牛哞一声、狗吠虫鸣，都能听见来自远方的清晰回声。每个人、每件事物，都会看见自己的影子在阳光下缓缓伸长，伸到看不见的遥远处，再慢慢返回到自己脚跟。

可是那个早晨，我没等到该有的那一片哭声。我出去放牛又回来，村子里依旧像往常一样安静。

天快黑时母亲告诉我，唐家的傻儿子昨晚上死了，唐家人也没吭声，悄悄拉出去埋了。

成　长

我一直记得我去过沙沟沿上一户人家的房子，好像因为一件什么事，现在想不起来了。只记住了他家的房子，又矮又小，屋檐低低的似乎伸手就能摸到。院子里拴着条大黄狗，叫声怪怪的，直往人身上扑。他的几个儿子的面容，现在一个也想不清楚。我的记忆把他们丢掉了。浮现出来的只是一个个模糊的人影，没有脸，没有明确的外形，只是一些人影在动。一个人拉住了狗，狗我记清楚了，黄色的、怪怪叫着。我靠着墙根走过去。墙好像砌得不直，有点扭，西边的墙头朝外偏。

“进来呗，看啥哩。”

我推开门把头伸进去，屋子里黑黑的，啥也看不清，也不清楚门口处有没有坑，从屋顶的小天窗透进一柱光，直落到地上。

顺着话音我看见坐在炕上的一些人，有四五个，或许多一些。他们在玩牌，或者在聊天。我进去站在土炕边，感觉他们远远的，看不太清。屋子里一股煮猪食的熟草味。我闻不习惯。现在想起那种味道还是不习惯。我们家也天天煮猪草，是在屋旁的小房子里煮。小房子的侧墙有个大窗户，正对猪圈，煮猪食时猪哼哼地叫着，三四头排成一队，鼻子全对着窗户，一股股的熟草味全被它们吸了去。这户人家只有里外两间小房子，做饭、煮猪食都在一个灶上，所有味道混在一屋子。我不习惯地站着，好像说了件什么事。他们依旧打牌或者聊天。我等着答复。屋子里渐渐亮堂了。好像太阳从哪个墙角出来，他们家的天开始亮了。我看清油黑的墙上挂着的绳、镰刀、筐、钉在墙上的木头橛子。我记忆最深的是他家的屋顶，可能是太低的缘故，它在那个时刻压抑了我。时常在有意无意间，我想起那个房顶，椽子细细的，也不直，一根歪扭的根本不能当梁的胡杨木，横亘在中间。屋顶随着木梁的弯曲一高一低。那些细木棍，没来得及长粗就勉强地当了椽子。被屋顶压得弯弯的，但还勉强地撑着。

我始终没看清坐在炕上的人，或许看清了，没记住。屋顶太低，他们坐着打牌或聊天。我站在地上，歪扭的木梁正好横在我头顶上，似乎我再长高一点，头就能碰上。我见过许多大人的头，被门框或屋梁碰伤，在那些低矮的房舍和圈棚里，大人们低着头走动或干活，还是不小心碰着，头上起着青疙瘩，流着血……

整个少年时期，我被什么东西压抑了，没有长高。好像我一直害怕生长，担心我的头顶上面再没有空地方。我走路低着头，略弯着腰，像个小老头一样，心事重重地走过我的少年岁月。一直到二十岁，我才长到一米六的个头。离开黄沙梁后，我又长了十二厘米。是在不断地游荡中长的。我就这样长成了。这种成长是在哪一天突然停止了。因为什么停止了，我都无法知道。

长大的只是那些大人

我听人们说着长大以后的事。几乎每个见到的人都问我："你长大了去干什么？"问得那么认真，又好像很随便，像问你下午去干什么，吃过饭到哪儿去一样。

一个早晨我突然长大，扛一把铁锨走出村子，我的影子长长的，躺在空旷的田野上，它好像早就长大躺在那里，等着我来认出它。没有一个人，路上的脚印，全后跟朝向远处，脚尖对着村子。劳动的人都回去了，田野上的活早结束了，在昨天黄昏就结束了，在前天早晨就结束了。他们把活儿干完的时候，我刚长大成人。粮食收光了，草割光了，连背一捆枯柴回来的小事，都没我的份儿。

我母亲的想法是对的，我就不该出生，出生了也不该长大。

我想着长大了去干什么，我好像对长大有天生的恐惧。我为啥非要长大？我不长大不行吗？我就不长大，看他们有啥办法。我每顿吃半碗饭，每次吸半口气，故意不让自己长。我在头上顶一块土块，压住自己。我有什么好玩的都往头上放。

我从大人的说话中，隐约听见他们让我长大了放羊去，扛铁锨种地，跑买卖，去野地背柴。他们老是忙不过来，总觉得缺人手：去翻地了，草没人锄，出去跑买卖吧，老婆孩子身边又少个大人。反正，干这件事，那件事就没人干。猪还没喂饱，羊又开始叫了。尤其春播秋收，忙得腾不开手时，总觉得有人没来。其实人全在地里了，连没长大的孩子也在地里了，可是他们还是觉得少个人，每个人都觉得身边少个人。

“要是多一个人手，就好了。”

父亲说话时眼睛盯着我。我知道他的意思，嫌我长得慢了，应该一出生就是一个壮劳力。

我觉得对不住父亲。我没帮上他的忙。

我小时候，他常常外出。我没看见他小时候的样子。也许没有小时候。我不敢保证每个人都有小时候。我一出生父亲就是一个大人。等我长大——我真的长大过吗——他依旧没有长老，我在那些老人堆里没找到他。

在这个村庄，年轻人在路上奔走，中年人在一块地里劳作，老年人在墙根晒太阳或乘凉。只有孩子不知道在哪儿。哪儿都是孩子，白天黑夜，到处有孩子的叫喊声，他们奔跑、玩耍，远远的就能听到声音。找他们的时候，却哪儿都没有了，嗓子喊哑也没一个孩子答应。不知道那些孩子去哪儿了，或许都没出生，只是一些叫喊声来到世上。

我还不会说话时，就听大人说我长大以后的事。

“这孩子骨头细细的，将来可能干不了力气活。”

“我看是块跑买卖的料。”

“说不定以后能干成大事呢，你看这孩子头长得，前奔髅，后瓦勺，想的事比做的多。”

我母亲在我身边放几样东西：铁锨、铅笔、头绳、铃铛和羊鞭，我记不清我抓了什么。我刚会说话，就听母亲问我：呔，你长大了去干什么？我歪着头想半天，说，去跑买卖。

他们经常问我长大了去干什么。我记得我早说过了，他们为啥还问？可能长大了光干一件事不行，他们要让我干好多事，把长大后的事全说出来。

一次，我说我长大去放羊。话刚出口，看见一个人赶羊出村，他的背有点驼，穿着翻毛羊皮袄，从背后看像一只站着走路的羊，一会儿就消失在羊踩起的尘土里。又过了一阵，传来一声吆喝，声音远远的，那一刻我看见当了放羊人的我就这样走远了。

多少年后，他吆半群羊回来，我已经不认识他。他也不认识我。

这个放一群羊放老的我，腰背佝偻，走一步咳嗽两声。他在羊群后面吸了太多尘土，想把它们咳出来。

每当我说出一件要干的事时，就会感觉到有一个我从身边走了——他真的赶车去跑买卖了。开始我还能想清楚他去了哪里，都干了些什么。后来就糊涂了，再也想不下去，我把他丢在路上，回来想另外一件事，那个跑买卖的我自己走远了。

有一年他也许贩一车皮子回到虚土庄，他有了自己的名字，我认不出他。他挣了钱也不给我。

我从他们的话语中知道，有好多个我已经在远处。我正像一朵蒲公英慢慢散开。我害怕地抱紧自己。我被“你长大了去干什么”这句话吓住了，以后再没有长大。长大的只是那些大人。

一朵花向整个大地开放自己

我记住临近秋天的黄昏，天空逐渐透明，一春一夏的风把空气中的尘埃吹得干干净净。早黄的叶子开始往远处飘了。我的母亲，在每年的这个时节站在房顶，做着一件我们都不知道的事。

她把油菜种子绑在蒲公英种子上，一路顺风飘去。把榆钱的壳打开，换上饱满麦粒。她用这种方式向远处播撒粮食，骗过鸟、牲畜，在漫长的西风里，鸟朝南飞，承载麦粒、油菜的榆钱和蒲公英向东飘，在空中它们迎面相遇。鸟的右眼微眯，满目是迅疾飘近的东西；左眼圆睁，左眼里的一切都在远去。

我很早的时候，看见母亲等候外出的父亲，每个黄昏她做好晚饭等，铺好被褥等。我们睡着后她望着黑黑的屋顶等。我不知道远去的人中哪个是我的父亲，我不认识他。偶尔的一个夜晚他赶车回来，或许是经过这个有他的家和孩子的村庄。在我迷迷糊糊的梦中，听见马车吆进院子，听见他和母亲低声说话。他卸下几袋粮食装上几张皮子，换上母亲衲的新鞋，把穿破的一双鞋脱在炕头。在我们来不及醒来的早晨，他的马车又赶出村子上路了。出门前他一定挨个抚摸我们的头，从土炕的这边到那边，他的五个孩子，没有一个在那时候醒来，看他一眼，叫声“爹”。他走后的一年里，这个土炕上又会多一个孩子。每次经过村庄他都会让母亲再一次怀孕，从他离开的那一夜起，母亲的身体会一天天变重，她哪儿都去不了。我的母亲，只有在每年的五月，榆钱熟落时，成筐地收拾榆树种子。她早早把榆树下的地铲平，扫干净，等榆钱落了厚厚一层，便带我们来到树下。那时东风已刮得起劲了，我们在“沙沙”的飘落声里，把满地的榆钱扫成堆，一筐筐提回家。到了六月，早熟的蒲公英开始朝远处飘了，我的母亲，赶在它们飘飞前，把那些带小白伞的种子装进布袋，用它给儿女们做枕头，让她的孩子夜夜梦见自己在天上飞，然后，她在早晨问他们看见了什么。

许多事情他们不知道。母亲，我看你站在高高的房顶，手一扬一扬，仿佛做着一件天上的事。风吹种子，许多事情没有弄清。一棵蒲公英只知道它的种子随风飘起，知不知道每一颗都落向哪里？第二年春天，或夏天，有没有它们落地扎根的消息随风传来？就像我们的亲人，在千里外的甘肃老家，收到我们在虚土庄安家的消息。

那些信上说，我们已经在一道虚土梁上住下来，让他们赶紧来，我们在梁上等他们。虚土梁是一个显眼的高处，几十里外就能看见我们盖在梁上的房子，望见我们一早一晚的炊烟。

信里还说我们在梁上顶多等五年。顶多五年，我们就搬到一个更好的地方。

他们说等五年的时候，只想到五年内故乡的亲人有可能到齐，地里的余粮够重新上路，房后的榆树长到可以做辕木。

可是，栽在屋前的桃树也会长大，第三年就开花结果，那些花和果会留人。今年的桃子吃完了，明年后年的鲜桃还会等他们。等待人们的不仅仅是远处的好地方，还有触手可及的身边事物。

一年年整平顺的地会留人，走熟的路会留人，破墙头会留人。即使等来的老家亲人，走到这里也早筋疲力尽，就像当初人们到来时一样，没有朝前走的一丝力气。

不过，等到真正动身了，人就已经铁了心，什么东西都留不住了。铃铛刺撕扯衣襟也没用，门槛绊脚也没用，泪水遮眼也没用。

关键是人没动身之前，下午照在西墙的一缕阳光，就把人牢牢留住。长在屋旁一棵小草的浅浅花香，就把人永远留住。

蒲公英从五月开始播撒种子，那时早熟的种子随东风飘向西边的广阔戈壁。到了七月南风起时，次熟的种子被刮到沙漠边的灌木丛，或更远的沙漠腹地。八九月，西风骤起，大量熟落的种子飘向东边的干旱荒野。十月，北风把最后的蒲公英刮向南山，南山是蒲公英最理想的生息地。吹到北沙漠的种子，也会在漫长的漂泊中被另一场风刮回来，落在水土丰美的南山坡地。

一年四季，一棵生长在虚土梁上的蒲公英，朝四个方向盛开自己。它巨大的开放被谁看见了？在一朵蒲公英的盛开里，我们生活多年。那朵开过头顶的花，覆盖了整个村庄荒野。那些走得最远的人，远远地落在一朵飘飞的蒲公英后面。它不住地回头，看见他们。看见和自己生存在同一片土梁的那些人，和自己一样，被一场一场的风吹远。又永远地跑不快跑不远。它为他们叹息，又无法自顾。

一粒种子在飘飞的路途中渐渐有了意识，知道自己要往哪儿去，在哪儿扎根。一粒种子在昏天暗地的大风中睁开眼睛，看见迅疾向后漂移的荒漠大地，看见匍匐的草，疯狂摇晃的树木，看见河流、深陷荒野的细细流水和向深扩展的莽莽两岸，看见一片土坡上艰难活命的自己，一根歪斜的枝，几片皱巴巴的叶子。看见秋天从头顶经过，风声枯涩，带走夏天时就已坠地的几片黄叶——这就是我的命啊。一粒种子在落地的瞬间永远闭上眼睛，从此再看不见自己，不知道自己是否发芽，是否长出叶子，是否未落稳又被另一场风刮走。它的生长，只是一场不让自己看见的黑暗的梦。

这就是一棵草。

它或许永远不知道自己怎样活着。它的叶子被一只羊看见，被飘过头顶的一粒自己的种子看见。

就在人们待在村里，梦想着怎样远走的那些年，一群鸟一次次飞到南方又回来。一窝蚂蚁，排起长队，拖家带口迁徙到戈壁那边的胡杨绿地。连爬得最慢的甲壳虫，也穿过荒滩去了趟沙漠边。每一朵花都向整个大地开放了自己。

把时间绊了一跤

我看见早晨的阳光，穿过村子时变慢了。时光在等一头老牛。它让一匹朝东跑的马先奔走了，进入一匹马的遥遥路途，在那里，尘土不会扬起，马的嘶叫不会传过来。而在这里，时光耐心地把最缓慢的东西都等齐了，连跑得最慢的蜗牛，都没有落在时光后面。

刘二爷说，有些东西跑得快，我们放狗出去把它追回来。有些东西走得比我们慢，我们叫墙立着等它们，叫树长着等它们。我们最大的本事，就是能让跑得快的走得慢的都和我们待在一起。

我在这里看见时光对人和事物的耐心等候。

四十岁那年我回到村里，看见我五岁时没抱动的一截木头，还躺在墙根。我那时多想把它从东墙根挪到房檐下。仿佛我为了移动这根木头又回到村庄。我二十岁时就能搬动这根木头，可我顾不上这些小事，我在远处。三十岁时我又在干什么呢？我长大后做的哪件事是那个五岁孩子梦想过的？我回来搬这根木头，幸亏还有一个没挪窝的木头。

我五十岁时，比我大一轮的张望瞎了眼，韩三瘸了一条腿，冯七的腰折了。就是我们这些人，在拖延时间，我们年轻时被时间拖着跑，老了我们用跑瘸的一条腿拖住时间。用望瞎了的一双眼拖住时间。在我们拖延的时间里，儿孙们慢慢长大，我们希望他们慢慢长大，我们有的是时间让他们慢慢长大。

时间在往后移动，所以我们看见的全是过去。我们离未来越来越远，而不是越来越近。时光让我们留下来。许多时光没有到来。好日子都在远路上，一天天朝这里走来。我们只有在时光中等候时光。没有别的办法。你看，时间还没来得及在一根刮磨一新的锨把上留下痕迹。时间还没有摩皱那个孩子远眺的双眼。但时光确实已经慢了下来。

每天一早一晚，站在村头清点人数的张望，可能看出些时光的动静。当劳累一天的韩瘸子牵牛回到家，最后一缕夕阳也走失在西边荒野。一年年走掉的那些岁月都到哪儿去了？夜晚透进阵阵寒风的那道门缝，也让最早的一束阳光照在我们身上。那头傍晚干活回来的老牛，一捆青草吃饱肚子。太阳落山后，黄昏星亮在晚归人头顶。在有人的旷野上，星光低垂。那些天上的灯笼，护送每个晚归人，一方小窗里的灯光在黑暗深处接应。当我终于知道时间让我做些什么，走还是停时，我已经没有时间了。

每年春天，村东的树长出一片半叶子时，村西的树才开始发芽。可以看出阳光在很费力地穿过村子。

刘二爷说，如果从很高处看——梦里这一村庄人一个比一个飞得高——向西流淌的时间汪洋，在虚土庄这一块形成一个涡流，时间之流被挡了一下。谁挡的，不清楚。我们村子里有一些时间嚼不动的硬东西，在抵挡时间。或许是一只猫、一个不起眼的人、一把插在地上的铁锨，还是房子、树？反正时间被绊了一跤，一个爬扑子倒在虚土里。它再爬起来向前走时，已经多少年过去，我们把好多事都干完了，觉也睡够了。别处的时光已经走得没影，我们这一块远远落在后面。

时间在丢失时间。

我们在时间丢失的那部分时间里，过着不被别人也不被自己知道的漫长日子。刘二爷说。

鸟是否真的飞到了时间上面？有一种鹰，爱往高远飞，飞到纷乱的鸟群上面，飞过落叶和尘土到达的高度。一直飞到人看不见。鸟飞翔时，把不太好看的肚皮和爪子亮给我们，就像我们走路时，不知道该把手放在什么位置。鸟飞在天上，对自己的爪子也不知所措。有的鸟把爪子向后并拢，有的在空中乱蹬，有的爪子闲吊着，被风刮得晃悠。还有的鸟，一只爪子吊下来，一只蜷着，过一会儿又调换一下。鸟在天上，真不知该怎样处置那对没用的爪子，把地上的人看得着急。不过，鸟不是飞给人看的，这一点儿小孩都知道。鸟把最美的羽毛亮给天空，好像天上有一双看它的眼睛。鸟从来不在乎我们人怎么看它。

那些阳光，穿过袅袅炊烟和逐渐黄透的树叶，到达墙根儿门槛时，就已经老掉了。像我们老了一样，那些秋草般发黄的傍晚阳光，垛满了村庄。每天这个时候，坐在门口纳鞋的冯二奶，最知道阳光怎样离开村庄，丝线般细密的阳光，从树枝、墙根儿、人的脸上丝丝缕缕抽走时，满世界的声响，天塌下来一样。

我们把时间都熬老了。刘二爷说。

当我们老得啃不动骨头时，时间也已老得啃不动我们。

图书在版编目（CIP）数据

散文精读. 刘亮程 / 刘亮程著. —杭州 ：浙江人民出版社，2019.6（2024.1重印）
（且读）
ISBN 978-7-213-09279-4

Ⅰ. ①散… Ⅱ. ①刘… Ⅲ. ①散文集-中国-当代 Ⅳ. ①I266

中国版本图书馆CIP数据核字(2019)第083000号

散文精读·刘亮程

刘亮程 著

出版发行：浙江人民出版社（杭州市体育场路347号 邮编 310006）
市场部电话：(0571)85061682 85176516
责任编辑：余慧琴
营销编辑：陈雯怡
责任校对：杨 帆
责任印务：程 琳
封面设计：观止堂_未氓
电脑制版：杭州天一图文制作有限公司
印 刷：浙江新华印刷技术有限公司
开 本：880毫米×1230毫米 1/32 印 张：7.5
字 数：141千字 插 页：4
版 次：2019年6月第1版 印 次：2024年1月第3次印刷
书 号：ISBN 978-7-213-09279-4
定 价：36.00元
